LETTEROTIK

Impressum

© 2018
Herstellung und Verlag: BoD – Books on Demand, Norderstedt.
ISBN: 9783752896046

Herausgeber: LETTEROTIK 2018

Besuchen Sie uns im Internet:

www.letterotik.de

Kontakt: letterotik@gmail.com

Warnung:

Nur für erwachsene Leser geeignet.
Enthält explizite Szenden aus dem Bereich BDSM.

Mein Name ist Marie und heute möchte ich Ihnen von einer Zeit in meinem Leben berichten, die mir bis heute eindrucksvoll in Erinnerung geblieben ist. Gerne denke ich daran und bin dankbar, das alles erlebt zu haben. Manchmal träume ich noch von einigen Szenarien und davon, wie schön es damals war. Doch nun werde ich Sie mitnehmen auf meine Reise durch die wunderbare Welt des BDSM`s.

Ihre Marie L.

Der Lust verfallen

1

Mein Weg in die bizarre Leidenschaft

Marie L.

LETTEROTIK

Erst vor Kurzem hatte ich mich von meinem Lebensgefährten getrennt, war in eine eigene kleine Wohnung gezogen und bereit für neue Abenteuer. Eine feste Beziehung hatte ich nicht im Sinn. Ich wollte mein Leben ordnen und vor allem wollte ich Spaß haben.

Wie oft träumte ich in der Vergangenheit von Lustspielen, in denen ich Demütigungen und Züchtigung ertragen musste, bevor ich vielleicht einen Orgasmus haben durfte? Es war für mich an der Zeit, das alles nicht nur zu träumen. Ich hatte zwar schon Erfahrungen mit Spielen dieser Art, jedoch hatte ich lange nicht das gehabt, wonach ich mich sehnte. Mir fehlte die Dominanz, das Kribbeln im Bauch, das mir selbst im Nachhinein noch deutlich machte, wie machtlos ich meinem Herrn ausgeliefert war. Ohne lange nachzudenken, wollte ich eintauchen, Menschen mit gleichen Vorlieben finden und einfach genießen, was sich daraus entwickelte.

Auf einer einschlägigen Internetplattform war ich schon lange angemeldet und ein paar ältere Kontakte waren mir noch erhalten. Für den Anfang erschien es mir sicherer, mich an diese zu wenden. Den Männern, die ich von früher kannte, musste ich nicht viel erklären, das Spiel konnte ohne langes Gerede beginnen. Die drei dominanten Herren, die ich anschrieb, antworteten allesamt wohlwollend zurück. Zwei von Ihnen waren sogar ungebunden und wollten sich am liebsten sofort mit mir treffen. Aus dem Bauch heraus entschied ich mich für den sinnlichen Mann, Dieter war sein Name, der seine Macht nicht durch Schläge oder Erniedrigungen demonstrierte, sondern auf subtilere Art und Weise.

Wir trafen uns schließlich an einem sonnigen Nachmittag vor einem Haus, das für solche bizarren Spiele gut ausgestattet war. Ich kannte die Räumlichkeiten, war dort vor einer Weile am Tag der offen Tür gewesen. Damals schon hatte ich mir gewünscht, dort einmal gefesselt und wehrlos auf dem mit schwarzer Folie überzogenen Bett zu liegen und nicht zu wissen, was weiter mit mir geschah. Als ich nervös ein paar Meter vom Eingang entfernt auf Dieter wartete, hoffte ich, dass dieses Bett noch dort stand. Ein Massivholzgestell, ähnlich eines Himmelbettes, nur wesentlich robuster, mit Haken und Ösen ringsherum. Die Fesselkünste von Dieter waren mir positiv in Erinnerung und ich freute mich darauf, das erneut zu spüren.

Während er vor mir einparkte, klopfte mir das Herz bis zum Hals, ich schüttelte mich einmal, wollte die Nervosität loswerden, sprach mir innerlich Mut zu. Die Tür öffnete sich und vor mir stand dieser große, stattliche Mann, der mich mit seinen dunklen Augen von oben bis unten musterte. Verlegen blickte ich zu Boden, bis er auf mich zutrat, mit dem Zeigefinger meinen Kopf hob und mich anlächelte. Herzlich nahm er mich in den Arm und ich wurde ruhiger. Ja, ich musste wirklich keine Angst haben.

Er löste die Umarmung, und nachdem die ersten Höflichkeiten ausgetauscht waren, öffnete er den Kofferraum und hievte eine schwere Tasche heraus. Es kribbelte in meinem Schritt, die Gedanken an das Kommende ließen auch meine letzten Sorgen verschwinden. Wortlos ging er voran und klingelte. Ein junger Mann öffnete die Tür, Dieter und er kannten sich offensichtlich. Wir traten ein, ich wurde kurz vorgestellt und dann ließ uns der Mann alleine.

Dieter stellte die Tasche im Eingangsbereich ab, packte mich am Arm, zog mich mit dem Rücken zu ihm gewandt fest an sich heran. Ich spürte seinen Atem an meinem Ohr, seine leise Stimme hauchte direkt in mich hinein, während seine Hände über meinen Körper fuhren, als wollten Sie jeden Zentimeter, vom Kopf bis zu den Oberschenkeln, erkunden. Seine Hände glitten über den Stoff meines dünnen Kleides, hielten mich dabei an ihn gedrückt und ich ließ mich fallen. Ich genoss es, wie er meine Brüste aus meinem Ausschnitt heraus hob, um so ungestört mit ihnen zu spielen. Dabei erklärte er mir die Regeln für unser kleines Spiel. Gänsehaut überzog meinen Körper und in meinem Schritt spürte ich die sich sammelnde Feuchtigkeit.

Seine Wünsche waren eine Befreiung für mich. Im Wesentlichen forderte er von mir meine Hingabe, dass ich ohne Widerworte gehorchen und ihn mit Meister ansprechen sollte. Mein Körper schmiegte sich an seinen.

Ich spürte sein Glied, wie es sich langsam aufstellte. Gerne versprach ich ihm, was er wollte, danach wanderte seine Hand in meinen Schritt. Lachend nahm der Meister die Feuchtigkeit zwischen meinen Beinen zur Kenntnis, betonte, dass es heute ein leichtes sei, das zu sehen, was er sich wünschte. Eine vor Geilheit winselnde, gefesselte Frau, die nicht in der Lage sein wird, sich selbst von ihrer Lust zu befreien, das wollte er haben. Seine Worte ließen mich zu Wachs werden, nur sein Griff hielt mich noch auf den Beinen. Ich stöhnte laut auf und spürte nichts anderes in mir, als meine brennende Lust.

»Na, will meine geile Sklavin etwa schon kommen, ja?«, fragte er in gehässigen Tonfall.

»Ja, bitte Meister«, entgegnete ich kurzatmig.

Mit schnellen Bewegungen stimulierte er mein Geschlecht, umgriff mit zwei Fingern meine Perle, zupfte unregelmäßig an ihr.

Lachend forderte er mich auf: »Dann bitte mich anständig um einen Orgasmus!«

Mit zitternder Stimme, den kommenden Orgasmus schon spürend, flehte ich ihn an: »Bitte Meister, bitte lassen Sie mich kommen!«

»Dann komm jetzt«, sagte er und mit seinen Worten brach es direkt über mich zusammen. Schreie der Lust drangen aus meinem Mund, zuckend und glücklich kam ich zum Höhepunkt. Einen Augenblick lang blieben wir ruhig stehen, ich sammelte mich und schmiegte meinen Kopf an seine Schulter. Er drehte mich zu sich herum, gab mir einen Kuss auf den Mund. Mit einem Klaps auf den Hintern deutete er an, dass ich ihm folgen sollte. Ich war noch wackelig auf den Beinen, doch ich folgte ihm von Raum zu Raum. Viel hatte sich nicht verändert und ich war erfreut, dass auch das besagte Bett noch vorhanden war.

Im Kaminzimmer blieb der Meister stehen, musterte mich erneut und sah mich fragend an.

»Schön hier«, sagte ich verlegen.

»Wirklich schön ist, dass du mir hier heute zur Verfügung stehst«, entgegnete er freundlich. Unterdessen öffnete er seine Tasche, die er auf ein Podest gestellt hatte. Er wies mich an, mich zu entkleiden. Schnell war das Kleid abgestreift und ich stand nackt vor ihm. Die Freude über meinen Anblick war ihm im Gesicht abzulesen. Mittlerweile war ich entspannt und freute mich einfach auf das, was noch kommen sollte. Ich sah, wie er zwei Seile und ein paar Seidentücher aus seiner Tasche kramte, dann sollte ich mich mit dem Rücken zu ihm, unten vor die hohe Podeststufe, stellen. Kurz darauf hatte ich bereits eines der Tücher vor den Augen. Ein Zweites drückte er mir als Knebel in den Mund und fixierte dieses mit einem dritten Tuch. In Windeseile waren meine Hände hinter meinem Rücken zusammengebunden und ich stand blind, stumm und gefesselt dort im Raum. Er trat zu mir herunter, stellte sich so dich vor mich, dass ich seinen Atem auf meiner Haut spüren konnte. Zitternd fragte ich mich, was er nun mit mir vorhätte.

Er streichelte über die Tücher in meinem Gesicht, ein schönes und sehr intensives Gefühl, das mich erneut erregte. Eine Hand streichelte meinen Busen, umspielte meine Brustwarzen und kniff fest in sie hinein, zog meine Brüste nach vorne. Automatisch beugte ich mich vor, um den Zug auf meine Brüste zu verringern. Er ließ nicht locker, bis ich tief gebeugt vor ihm stand. Mit Freude erklärte er mir, dass diese Position genau die richtige für mich wäre. Natürlich könnte ich diese nicht allein über längere Zeit halten. Aber dabei würde er mir sehr gerne behilflich sein. Ich nickte und brummte unverständlich in meinen Knebel. Der Meister erkannte, dass ich mich bedanken wollte, und honorierte meine Dankbarkeit mit ein paar leichten Schlägen auf meine rechte Wange.

Hinter mir klimperte es, dann spürte ich ihn neben mir. Er führte mich zwei kurze Schritte vor und wies mich an, die Beine weiter zu spreizen. Kurz darauf packte der Meister meine Hände, um ein Seil an der Fesselung, die meine Hände hinter dem Rücken zusammenhielt, zu knoten. Meine Arme wurden mit einem Ruck hochgezogen, ich konnte meine Position nicht mehr ändern. Gebeugt, den Blick auf meine Scham freigebend, musste ich ausharren. Erschrocken über meine leichte Zugänglichkeit in dieser preisgebenden Stellung atmete ich schneller und stöhnte in meinen Knebel. Des

Meisters Hand fuhr meinen Rücken entlang. Er betonte, wie wichtig es sei, bei dieser Stellung auf einen geraden Rücken zu achten, weil die Schulterblätter durch den Zug an den Armen stark zusammengedrückt sind.

Seine Hand glitt von meinem Rücken aus zu meinem Hintern, ich bekam eine Gänsehaut. Es folgten schnell kreisende Bewegungen, als würde seine Hand Zielscheiben malen. Kurz darauf folgte der erste Klaps auf meinen Po. Die Wärme, die von ihm ausstrahlte, tat mir gut. Der zweite Klaps war schon eher ein Schlag und der Dritte bereits ein fester Hieb. Ich stöhnte in meinen Knebel hinein und wollte mehr. Genoss jeden Treffer auf meinem Fleisch und spürte, wie ich dadurch immer weiter in meine Erregung getrieben wurde. Er beendete seine Schläge mit Streicheln meines geröteten Hintern, der ebenso heiß glühte wie mein Schritt.

Ein paar Mal kniff er in mein nun empfindliches Fleisch, was ich mit einem lauten Brummen quittierte. Sein Lachen traf mich. Freute er sich darüber, dass mein Versuch, ihm zu danken, nicht verständlich war? Beschämt, dass mich das alles so anmachte, dass ich beinahe schon auslief, schloss ich meine Augen unter der Binde und atmete tief durch. Seine Hand wanderte in meinen Schritt. Wieder ein abfälliger Kommentar über meine nasse Spalte. Es machte mich spitz, das zu hören. Dazu verteilte er meinen Saft mit der flachen Hand auf meinem Geschlecht, rieb seine Hand danach an meinem Hintern trocken.

Meinen Po tätschelnd, erklärte er mir, dass er mit einem solch nassen Geschlecht nichts anfangen konnte. Es müsse getrocknet werden. Ich hörte, wie er erneut in seiner Tasche kramte. Kurz darauf spürte ich Lederriemen, mit denen er sanft meinen Rücken streichelte. Erneut überzog mich Gänsehaut. Sicher würde er meine Scham trocken schlagen wollen. Kaum war dieser Gedanke zu Ende gedacht, traf mich auch schon der erste Schlag, genau zwischen den Beinen. Die Riemen der Peitsche durchzogen meine Scham, trafen genau mein empfindliches Fleisch. Wieder und wieder traf mich die Peitsche. Zwischen dem Schmerz und purem Genuss hin und her gerissen, tänzelte ich auf Zehnspitzen, wenn mich ein Schlag traf. Unwillkürlich bewegten sich mein Becken und meine Beine, soweit es mir in dieser Position möglich war.

Der Meister mahnte mein Zappeln an, er würde noch sein Ziel verfehlen. Ich gab mir Mühe, stillzustehen. Doch der ziehende Schmerz, der von einem intensiven Prickeln abgelöst wurde, ließen mir keine Wahl, ich musste mich bewegen. Es wurde ruhig, ich spürte ihn hinter mir. Er musste sich hinter mich gesetzt haben. Mit einem Mal war mir so, als könnte ich seinen Atem an meinem Geschlecht spüren.

»Wollen wir doch mal sehen, ob der Schmerz meine Kleine etwas abgekühlt hat«,

14

sprach er zu mir, während seine Hand sich erneut den Weg zu meiner Perle suchte.

»Immer noch heiß hier unten«, fuhr er fort, als seine Finger die inneren Schamlippen teilten.

»Moment, nass wird sie ja auch schon wieder. Wenn du das sehen könntest, glänzend verteilt sich dein Saft erneut über dein geiles Fleisch.«

Begehrend und schwach fühlte ich mich in diesem Moment. Mein Trieb hatte mich hierher geführt und ich genoss es, mich so ausgeliefert zu fühlen. Nicht zu wissen, was er mit mir vorhatte, wie weit er noch mit mir gehen wollte. Das machte mich frei, ich konnte mich in den Augenblick fallen lassen und wusste, ich würde nichts bereuen.

Dass es auch ihm gefiel, wusste ich, als ich spürte, wie er hinter mich trat. In meinen Gedanken versunken hatte ich nicht bemerkt, dass er aufgestanden war und seine Hose herunter gelassen hatte. Sein Glied weitete sich zwischen meinen Beinen, ich spürte, wie er mich teilte und langsam in mich eindrang. Laut brummte ich meine Lust in das Tuch hinein. Er bewegte sich schneller in mir, mein Atem stockte. Seine Hände umschlangen meinen Körper, hielten sich an meinen Brüsten fest. Kniffen hinein, um sie danach sanft zu liebkosen. Dann zog er das Seidentuch über dem Knebel herunter und das Zweite aus meinem Mund heraus. Hechelnd bedankte ich mich bei ihm, bevor sich meine Mundhöhle wieder mit Speichel benetzen konnte.

»Ich möchte hören, wie du kommst und wie du mich darum bittest«, hauchte er mir zu.

Ich stand schon kurz vorm Höhepunkt, hatte Mühe, mich noch auf meine Bitte zu konzentrieren. Kurzatmig stotterte ich: »Bitte ..., oho, darf ich ... bitte kommen, Meister?«

»Ja, du darfst!«

Mit diesen Worten änderte sich sein Rhythmus, laut stöhnend kamen wir beide zum Höhepunkt. Nach Luft hechelnd und steif stand ich vor ihm. Nachdem die letzte Welle meines Orgasmus an mir vorübergegangen war, spürte ich meine Arme, die durch den Zug nach oben genauso wie die Schultern schmerzten. Zum Glück machte der Meister mich rasch los und nahm mir auch die Augenbinde ab. Ich durfte mich hinsetzen.

»Wir beide haben uns eine kleine Pause verdient«, sagte er und fragte weiter, was ich trinken wollte.

Wenig später kam er mit zwei Gläsern Wasser zurück und setzte sich neben mich. Nach einer Weile, in der wir uns über seine Haustiere und meine neue Wohnung unterhalten hatten, beschloss er, dass es weiter gehen könnte. Fragte mich, ob ich irgendwelche Einwände hätte, was ich verneinte. So wies er mich an aufzustehen und nahm erneut ein Seidentuch in die Hand. Fuhr damit erst über meinen Körper. Meine Brustwarzen stellten sich bei der Berührung des anschmiegsamen Tuches sofort auf, ich begann zu zittern. Spürte erneut die Lust in mir aufsteigen und wunderte mich über meine leichte Erregbarkeit. Aber nachdenken wollte ich in diesem Moment nicht. Zu schön war dieses Kribbeln zwischen meinen Beinen, das die Berührungen der Seide auf meiner Haut auslöste.

Bevor das Tuch meine Augen verhüllte, sah ich als Letztes sein Lächeln. Mit einem zweiten Tuch, mit dem er auch erst meine Brüste streichelte, fesselte er mir die Hände vor dem Bauch zusammen. Dann führte er mich quer durch den Raum, hinaus auf den Flur. Wir gingen in ein anderes Zimmer, an dem Geruch erkannte ich, dass in ihm das Bett stand, von dem ich schon oft geträumt hatte. Rücklings sollte ich mich darauf legen.

Der Meister befestigte je ein Seil an meinen Fußgelenken, ich spürte, wie er zu mir aufs Bett stieg und meine Beine nacheinander mittels der Seile in die Luft hob. Weit gespreizt hingen sie schließlich in der Fesselung. An meinen Handgelenken befestigte er ein weiteres Seil, das er an der anderen Seite des Bettes so fixierte, das meine Arme lang über meinem Kopf ausgestreckt auf der Matratze lagen und ich diese kaum mehr bewegen konnte.

So lag ich bewegungsunfähig auf dem glatten Bett. Meine Scham erneut weit geöffnet. Ich konnte den Luftzug an meiner feuchten Haut spüren. Viel Zeit, mir über meine Situation Gedanken zu machen, blieb mir nicht. Seine Hand berührte mich zwischen

17

meinen Beinen. Wie automatisch zerfloss ich unter dieser Berührung. Stöhnte leise und gab mich meiner Lust hin. Wollte nichts anderes mehr sein, als diese Gier nach mehr. Unvermittelt unterbrach er seine Liebkosung. Ich bat ihn darum, doch weiter zu machen, erklärte, wie erregt ich durch diese Position war, wie sehr ich mich nach einem Orgasmus verzehrte. Er lachte nur und umspielte weitläufig meine Scham. Zupfte nur sanft an den äußeren Schamlippen, wenn er ihnen nahekam. Es kribbelte unerhört in meinem Schritt und ich flehte ihn an, sein Werk zu beenden. Doch noch wollte er das Spiel mit meiner Lust genießen. Meinen vor Geilheit zitternden Körper beobachtend, erklärte er mir, dass ich unersättliches Ding einmal spüren sollte, wie es ist, nichts mehr anderes zu sein, als ein Bündel übererregtes Fleisch.

In meinen Gedanken war kein Raum mehr, mein Kopf nach diesen Worten wie ausgeschaltet. Vor meinem geistigen Auge sah ich mich dort liegen, vor Erregung bebend, mit auslaufendem Schritt. Ich war überwältigt und wusste nicht mehr, wie mir geschah. Sein Lachen, seine herabwürdigenden Worte, drangen nur noch dumpf zu mir durch, so sehr beschränkt war mein Sein. Ich spürte lediglich seine Hand, wie sie sich langsam kreisend über meinen Bauch und meine Oberschenkel bewegte. Immer flehender bat ihn, mich von meiner Wollust zu befreien. Mein Verlangen danach, seine Finger an meiner Perle zu spüren, um mir einen erlösenden Orgasmus zu verschaffen, wurde übermächtig. Zuckend, den Tränen nahe, lag ich dort. Unfähig, irgendwas dagegen zu unternehmen. Mit dem Handrücken schlug er ein paar Mal auf meine Mitte, beinahe hätten diese Schläge mich zum Höhepunkt gebracht, doch dafür ließ der Meister zu schnell wieder von mir ab und verließ den Raum. Als seine Schritte sich entfernten, kamen mir die Tränen. Meine Augenbinde war bald von ihnen benetzt.

Eine Ewigkeit später kam er zurück, setzte sich neben mich auf das Bett und streichelte zunächst sanft meine Brüste. Ich schluchzte leise und er sprach mir Mut zu, während seine Hand über meinen Körper glitt. Aus dem Schluchzen wurde erneut ein Stöhnen. Was er mit einem festen Kniff in meine Brustwarzen quittierte. Der aufkommende Schmerz tat gut, ich kicherte wollüstig. Was den Meister zu ärgern schien, denn er nahm die andere Brustwarze, drehte sie weit und zog sie dann lang. Dabei wurde aus meinem Gekichere ein lautes Zischen, das durch die Luft verursacht wurde, die ich durch meine aufeinander gepressten Zähne drückte.

Nun lachte er wieder, fuhr mit seiner Hand zu meinem Hals, drückte dort sanft zu. Ich genoss es zu spüren, wie durch seinen Griff meine Atmung flacher wurde, ließ mich treiben in dem Gefühl der Hilflosigkeit. Der Meister sprach zu mir, doch seine Worte drangen nicht mehr zu mir durch. Zu sehr war ich die

Gefangene meiner Lust. Der Meister löste den Griff um meinen Hals, ich bat erneut darum, mich zu erlösen. Augenblicklich war seine Hand an meinem Geschlecht, rieb meine Perle und ließ mich dem Orgasmus nahekommen, um dann sein Tun wieder zu beenden. Abermals kamen mir die Tränen. Ich flehte ihn an, mich von dieser Qual zu befreien, beteuerte, es nicht mehr länger aushalten zu können. Doch er blieb gnadenlos, schlug nochmals auf meine Mitte und verließ den Raum.

Verlassen, mit vor Lust glühendem und pulsierendem Schritt lag ich da. Unwissend wann und ob ich von diesem Brennen in meinem Unterleib befreit werden würde. Ganz und gar eingenommen von meiner Lust träumte ich von einer Horde Männer, die sich allesamt an mir vergehen wollten, davon, wie ich vor Ekstase jauchzte und aufging in diesem Miteinander.

In meinem Tagtraum gefangen bemerkte ich nicht, dass der Meister zurückgekommen war. Plötzlich brummte es laut und ich spürte etwas Vibrierendes an meiner Perle. Erst berührte es mich kaum, was mich halb wahnsinnig machte, meine Muskeln spannten sich an und ich versank gänzlich in meiner Lust. Ich stotterte, kaum verständlich, das Wörtchen »Bitte«, bis er das vibrierende Stück mit der Anweisung, ich sollte für ihn kommen, auf meine Perle presste. Laut schrie ich meine Glücksgefühle in den Raum, ich explodierte und kam bebend zum ersehnten Höhepunkt.

Der Meister legte den Vibrator auf meinem Schamhügel und sich selbst neben mich. Er spielte weiter mit mir und mir wurde klar, womit er mein Geschlecht so atemberaubend gereizt hatte. Dieser Massagestab war mir gut bekannt, wenn ich oder ein anderer ihn halbwegs geschickt einsetzte, kam ich quasi auf Kommando.

Mit der freien Hand begann der Meister, über mein entspannt lächelndes Gesicht zu streicheln. Streifte mit den Fingerspitzen über meine, von den Lustschreien ausgetrockneten Lippen, öffnete mit dem Daumen sanft meinen Mund, um die Feuchtigkeit von meiner Zunge über meine Lippen zu verteilen. Als könnte er meine Gedanken lesen, schob er die Augenbinde beiseite. Ich brauchte einen Moment, ehe mein noch vor Tränen verschwommener Blick wieder klar wurde.

Zärtlich wischte er mir die letzten Tropfen aus dem Gesicht und schaute mir fest in die Augen. Dieser Blick ging tief in mich hinein, durchbohrte mich fast. Seine vor Erregung geweiteten Pupillen überdeckten beinahe komplett den farbigen Teil seiner Augen. Mich überzog eine Gänsehaut und spürte, wie der vibrierende Kopf der Maschine sich erneut den Weg zwischen meinen Schamlippen suchte. Der Meister sagte mir, bei meinem finalen Höhepunkt wollte er mir in die Augen sehen und ich sollte es nicht wagen, diese zu schließen, oder meinen Blick abzuwenden. Laut hechelnd versicherte ich ihm, das ich das nicht tun wollte.

Meiner Gier auf mehr verfallen, gab ich mich dem Gefühl hin, das ich in meiner Lust machtlos war und wie eine Marionette gesteuert wurde. Vor meinen weit aufgerissen Augen zeigten sich Blitze, die hin und her zuckten. Mein Unterleib zog sich zusammen. Erneut war ich eins mit meiner Lust. Genau das vor Geilheit winselnde Stück, das der Meister sich für heute gewünscht hatte. Mit diesem Gedanken ließ ich mich fallen, spürte, wie die Anspannung in mir nachließ. Wie aus mir heraus getreten spürte ich die Wellen eines lang andauernden Orgasmus, bei dem sich meinen Saft in einer großen Pfütze auf der Folie unter mir ergoss. Jammernd flehte ich ihn an, endlich aufzuhören. Nach dem Höhepunkt hielt ich das Brummen zwischen meinen Beinen nicht mehr aus. Schien innerlich aufgelöst und die Vibration zwischen meinen Beinen war reine Folter. Ich wusste nicht mehr, wie ich das aushalten sollte, versuchte dem vibrierenden Stab zwischen meinen Beinen auszuweichen, aber die Fesselung ließ dies nicht zu. Winselnd, abermals mit Tränen im Gesicht, gab ich schließlich jede Gegenwehr auf. Mir wurde klar, dass ich nichts dagegen ausrichten konnte, weder mein Flehen noch meine Versuche, der Maschine auszuweichen, machten irgendeinen Sinn. Aus meiner Machtlosigkeit und der nicht enden wollenden Stimulation meines Geschlechts wurde gegen meinen Willen erneut purer Erregung. Mein

Winseln zu Lustschreien. Die ängstliche Anspannung in mir löste sich auf, meine Augen verdrehten sich und um mich herum wurde die Welt schwarz.

Halb ohnmächtig spürte ich, wie der Meister meine Fesselung löste und meine Scham trocknete. Ich mochte meine Augen eine ganze Weile nicht öffnen. Wollte mir nicht eingestehen, dass ich mich ihm und meiner Lust so hingegeben hatte. Erst nachdem wir eine Zeitlang innig umarmt zusammen auf diesem Bett gelegen hatten, traute ich mich, ihn anzusehen. Wohlwollend lächelte er mich an. Seine Augen strahlten, als ich mich bei ihm bedankte. Ohne ein weiteres Wort zu sprechen, kuschelten wir weiter miteinander, bis er sich langsam erhob und erklärte, dass es Zeit wäre, um aufzubrechen.

Gemeinsam packten wir seine Tasche ordentlich zusammen und verließen das Haus. An seinem Auto verabschiedeten wir uns herzlich. Mein Auto stand einige Straßen weiter. Weil ich viel zu früh am vereinbarten Platz angekommen war, hatte ich den erstbesten Parkplatz genommen. Der Weg dorthin kam mir nach dem Spiel bedeutend länger vor, den Kopf voller Bilder des Geschehenen. Ich saß fast noch eine halbe Stunde in meinem Wagen, ehe ich mich gesammelt hatte und nach Hause fahren konnte.

In den darauffolgenden Tagen hatte ich oft das Treffen mit Dieter im Sinn. Lange war ich

23

nicht mehr so ausgiebig befriedigt worden. Wir schrieben uns noch oft und er zeigte echtes Interesse an mir. Doch damit durfte ich nicht spielen. Offen erklärte ich ihm, das ich nichts Festes im Sinn hatte und das ich mich erst austoben wollte, bevor ich mich wieder an jemanden binden konnte. Ich wusste, damit würde ich ihn verletzen, aber besser gleich als später, wenn er sich ernsthafte Hoffnungen gemacht hätte.

Die Beziehung zu Dieter zu beenden fiel mir schwer. Es war nicht einfach, jemanden zu finden, der so intensiv mit mir spielte. Gerne hätte auch ich die Beziehung locker fortgeführt. Aber schon bei unserem ersten Treffen hatte ich das Gefühl, das es für ihn mehr sein könnte, als nur eine Affäre.

Auch heute denke ich noch gerne an ihn zurück und hoffe, dass er mittlerweile sein passendes Gegenstück gefunden hat.

Noch während ich die Erlebnisse mit Dieter verarbeitete, musste ich mich um einen zweiten Mann kümmern, den ich angeschrieben hatte. Jans Interesse an mir war geweckt und er wollte mich gerne auch wieder real bespielen. Über einen Chat lotete er aus, wie weit er mit mir gehen konnte und wie ich zu ihm stand. Ich war mir unsicher, ob ich mich mit ihm befassen wollte.

Jan kannte ich schon viele Jahre. Noch zu meinen Anfängen in der Szene des BDSM hatte ich ihn, unter meinem ersten Herren, kennengelernt. Eine Zeitlang war ich diesem Mann richtig verfallen gewesen und die Nachrichten, die ich jetzt von ihm bekam, zeigten deutlich, dass er meine alte Hingabe erneut erwarten würde. Vielleicht war es doch nicht die beste Idee gewesen, alte Bekannte anzusprechen? Ich hatte nur meine Wünsche im Sinn, dass die Männer allerdings auch eine gewisse Erwartungshaltung hatten, darüber hatte ich mir keine Gedanken gemacht. Aus all diesen Gründen dauerte es eine Weile, ehe ich mich auf ein Treffen mit ihm einließ.

Ich erklärte Jan, dass es mir nur darum ginge, gemeinsam Spaß zu haben. Eine Verpflichtung, ihm zu dienen und zu gehorchen wollte ich nicht dauerhaft eingehen. Zu meiner Freude zeigte er Verständnis und kurz darauf war dann schließlich doch ein Treffen geplant.

Ich hatte an diesem Tag frei und schlief aus. Beinahe Mittag war es schon, als ich aus dem Schlafzimmer schlich, um mir einen Kaffee zu machen. Eine Nachricht von Jan, warum ich ihm an diesem Morgen nicht begrüßt hätte, hatte ich schon auf meinem Handy. Ich antwortete, dass ich nicht in den Schlaf gefunden hatte und deshalb erst gerade aufgestanden war. Eine halbe Stunde später erhielt ich als Antwort ein paar Smileys. Gemütlich startete ich mit einem leckeren Frühstück in den halb verschlafenen Tag.

Ich brachte Ordnung in meine Wohnung und ließ danach Badewasser ein. Noch während das Wasser einlief, erreichte mich eine Nachricht von Jan. Er entschuldigte sich und meinte, es würde später werden. Vielleicht könnte er es gegen 18 Uhr aus der Firma schaffen, schrieb er mir. Daraufhin fragte ich ihn ob, wir den geplanten Spaziergang auslassen wollten und stattdessen gleich ein Restaurant aufsuchen sollten. Keine Minute später brummte mein Handy erneut, in seiner Antwort stand kurz: »Gut. Ich melde mich & hole dich dann ab.«

Schön, dachte ich mir, so konnte ich höhere Schuhe anziehen. Ich wusste, wie sehr es ihm gefiel, wenn meine Füße in hochhackigen Pumps steckten und sich Äderchen und Muskeln deutlich abzeichneten. Für einen längeren Spaziergang waren solche Schuhe allerdings ungeeignet. Mein Outfit für das Treffen hatte ich schon herausgelegt. Die flachen Schuhe stellte ich zurück an ihren Platz im Regal, um sie durch ein paar schwarze Pumps zu ersetzen. Ich freute mich darauf, mich Jan so zu präsentieren. Einen langen schwarzen Rock und dazu ein raffiniert geschnittenes Oberteil, in dem meine Brüste wirklich gut zur Geltung kamen, selbst wenn ich keinen BH trug. Ich nahm den bereitgelegten Spitzenbüstenhalter in die Hand und überlegte kurz, ihn wegzulassen. Sicher würde Jan sich freuen, wenn er sah, wie sich meine Nippel durch den dünnen Stoff über meinen Brüsten drücken, dachte ich mir. Doch ich wollte es ihm nicht zu leicht machen, ihm nicht durch so eine Geste demonstrieren, dass ich mich ihm allzu schnell hingab. In der Vergangenheit hatte er verlangt, dass ich keine Unterwäsche trug, wenn wir uns sahen. Später sogar, dass ich zumindest auf das Höschen gänzlich verzichtete. Nein, beides würde ich an diesem Abend tragen, beschloss ich und stieg in die Badewanne. Nach dem Bad rasierte ich mich gründlich, eine blanke Scham war das mindeste, was ich ihm zeigen wollte.

Kaum war ich fertig rasiert, ich hatte mir gerade den Bademantel übergezogen, brummte mein Handy. Jan schrieb, dass es doch noch später würde und er das Treffen verschieben müsse. Traurig und wie erschlagen setzte ich mich aufs Sofa. Musste tief durchatmen, kämpfte gegen meine Tränen und schrieb zurück, dass ich es schade fände und dass ich ihn gerne gesehen hätte.

Ich legte mich auf die Couch, warf eine Decke über mich und rollte mich zusammen. Ich ärgerte mich über Jan, weil er mir versichert hatte, dass ein Treffen nach seiner Arbeit kein Problem sein würde. Wenig später kam eine weitere Nachricht von Jan. Er schrieb: »Wir können uns doch noch sehen. Ich sammele dich direkt nach der Arbeit ein, fahre mit Dir auf einen Waldweg und dann darfst Du mir einen blasen, Sklavin!«

»So eine Frechheit!«, dachte ich und schmiss das Handy auf das Sofa. Wie kam er darauf, dass ich mich darauf eingelassen hätte? Ungläubig und auch sauer antwortete ich ihm, das er seinen Feierabend allein verbringen sollte, denn an so etwas hätte ich kein Interesse.

Nachdem ich mich etwas beruhigt hatte, beschloss ich, mich davon nicht unterkriegen zu lassen. Ich ging stattdessen an den Rechner und öffnete die Internetplattform, über die ich auch Dieter und Jan kontaktiert hatte. In der Zwischenzeit, weil ich wieder öfter online war, hatten sich schon einige weiter interessante Kontakte entwickelt und zu meinem Glück war auch einer der geneigten Männer online.

Während unseres Chats fragte Peter, was ich für den Abend geplant hätte. Ich flunkerte und behauptete, eine Freundin hätte gerade unser gemeinsames Abendessen abgesagt. Wie erhofft fragte er, ob er mich stattdessen zum Essen einladen dürfte. Ohne lange darüber nachzudenken, nahm ich seine Einladung an. Schließlich hatte ich mich bereits auf einen netten Abend vorbereitet, war frisch rasiert und musste nicht mehr überlegen, was ich tragen sollte.

Das Restaurant sollte ich auswählen, darum trafen wir uns bei einem Italiener in meiner Nachbarschaft. Peter war etwas zu jung für meinen Geschmack. Er war der erste Mann seit langer Zeit, der in meinem Alter war. Aber er sah gut aus und war dazu auch ein interessanter Gesprächspartner, so dass ich ihm eine Chance geben wollte. Auf den ersten Blick, als Peter um die Ecke kam, bereute ich meine Entscheidung nicht. In Wirklichkeit sah er noch besser aus, als auf den Fotos im Internet. Er lächelte mich freundlich an und ich sah in seine hell leuchtenden Augen.

Wir umarmten uns zur Begrüßung, wollten uns nicht wieder voneinander lösen, ich hatte ein gutes Gefühl zu ihm. Seine Nähe tat mir gut, ich genoss seine Wärme und schmiegte meinen Kopf an seine breite Schulter. Schließlich nahm er meine Hand, hielt sie über meinen Kopf und wies mich an, mich für ihn zu drehen. Er lobte mein Outfit und meinte, er würde sich schon jetzt darauf freuen, mich später auszupacken. Verlegen bedankte ich mich, während meine Gedanken wie wild hin und her tanzten. Mich auspacken? Heute? Wir lernten uns doch gerade erst kennen!

Ich atmete einmal tief durch und dann gingen wir in das Restaurant. Mit ihm zu Essen war sehr angenehm. Wir tranken leckeren Wein und sprachen viel über unsere Interessen und das Leben an sich. Wie im Flug verging die Zeit. Beinahe drei Stunden saßen wir gemeinsam am Tisch, ehe wir ein Ende fanden.

Peter wollte gerne noch einen kleinen Spaziergang machen, um über intimere Interessen sprechen zu können. Die Idee gefiel mir. Nur hatte ich dafür wahrlich die falschen Schuhe an. Ich schlug vor, dass ich mir schnell ein anderes Paar anziehen könnte, sagte, dass ich direkt um die Ecke wohnte. Peter schaute ungläubig unter den Tisch, fragte, ob ich nicht in hohen Schuhen laufen könnte. Doch als er mir seinen Blick wieder zuwandte, sagte er lachend, dass er das gut verstehen könnte und er den Abstecher gern mit mir machen würde.

Wenig später standen wir vor meinem Haus, ich wollte schnell alleine hoch und Peter unten warten lassen. Doch der wollte sich gerne ansehen, wie ich wohnte. Ich bekam eine Gänsehaut und fragte mich kurz, ob ich diesen Mann wirklich mit in meine Wohnung nehmen sollte, aber vor den Kopf stoßen wollte ich ihn auch nicht. So lud ich ihn ein, mit mir hinaufzugehen. Nervös fummelte ich an meinem Schlüsselbund herum, ehe ich den richtigen in den Fingern hatte und aufschließen konnte. Unterdessen wandte ich mich nochmal an Peter und erklärte, dass ich ihm nur die Wohnung zeigen und meine Schuhe wechseln wollte. Lachend wiegelte er ab und meinte, dass alles gut wäre und ich mir keine Sorgen machen sollte.

Die Führung durch meine Wohnung war schnell beendet. Ich streifte meine Schuhe ab und wollte an Peter vorbei zum Schuhregal, als er mich an den Oberarmen packte, um mich unsanft gegen die Wand zu drücken. Vor Schreck konnte ich mich nicht dagegen wehren, kurzzeitig erstarrte ich und es kam mir vor, als würde die Welt um mich herum in Zeitlupe ablaufen. Sein Körper, der mich gegen die Wand gedrückt hielt, seine rechte Hand, die sich von meinem Oberarm löste, um über mein Gesicht zu streifen, sein Atem, der in mein linkes Ohr blies. Es kam mir vor, als würde dieser Moment eine Ewigkeit dauern. Seine linke Hand löste sich ebenfalls von meinem Arm, sein Körper entfernte sich ein kleines Stückchen von mir und er drückte mich am Hals mit seinem Unterarm fest gegen die Wand. Meine Knie fühlten sich an wie Butter und mein Herz raste. Ich wusste nicht, wie mir geschah oder was ich denken sollte. Wie angenagelt stand ich dort an der Wand, konnte und wollte mich nicht dagegen wehren. Zu schön war das Gefühl der Machtlosigkeit. Kaum konnte ich wieder einen klaren Gedanken fassen, fiel mir auf, wie feucht ich zwischen den Beinen war.

Peter griff mit der freien Hand unterdessen meinen Körper ab. Mit sanftem Druck knetete er meine Brüste, glitt anschließend über meinen Bauch hinab zwischen meinen Beinen. Über dem Stoff meines Rockes, durch mein mittlerweile feuchtes Höschen hindurch, spürte ich seine Hand auf meinem Hügel, an meinen äußeren Schamlippen. Ich stöhnte leise auf, konnte nicht mehr verbergen, dass mir das, was gerade geschah, gefiel. Mir war es peinlich, dass es mich erregte, so überwältigt zu werden. Und noch peinlicher war es mir, dass er es bemerkte. Ich wollte etwas sagen, was dem Ganzen ein Ende machen sollte. Doch kaum hatte ich meinen Mund geöffnet, um zu sprechen, legte er seinen Finger auf meine Lippen.

»Pst ...«, hauchte er leise in mein Ohr, »Ich weiß, dass es dir gefällt. Ich kann es riechen, dass du ausläufst.«

Ein hämisches Lachen unterbrach seine Ansprache an mich.

»Warum sollten wir uns noch über Intimitäten unterhalten, wenn ich doch gleich ausprobieren kann, ob dir gefällt, was ich mit dir mache?«

Mit diesen Worten nahm er mich, drehte mich um, den Kopf immer noch an die Wand gedrückt. Mit einem Griff um mein Becken zwang er mich einen Schritt zurückzugehen und hob beim Loslassen gleich den Rock hoch. So stand ich mit ausgestrecktem Hintern vor ihm. Er griff mir von hinten zwischen die Beine, kraulte gekonnt meine äußeren Schamlippen. Drückte mit einem Finger den Stoff in meine Spalte und stimulierte mich so lange, bis ich zu stöhnen begann. Mein Unterleib zog sich zusammen, in meinem Bauch schien etwas zu tanzen und ich spürte, wie sich mein Körper entspannte. Mein Kopf war leer und ich war völlig in diesem Augenblick gefangen. Mit einem Klaps auf meinen Hintern beendete er die Streicheleinheiten. Auf diesen Schlag folgen zahlreiche Hiebe mit der flachen Hand, von denen ich jeden Einzelnen mit immer tieferem Stöhnen quittierte. Der Schmerz durch seine Schläge war intensiv und ich genoss dieses Brennen, das danach auf meiner Haut zurückblieb.

Peter zog schließlich mein Höschen herunter und drehte mich erneut um. Mit glasigem Blick schaute ich ihm tief in die Augen und bedankte mich für die Schläge.

Kaum waren diese Worte gesprochen, glitt seine Hand in meinen Schritt und er stimulierte meinen Kitzler. Binnen kurzer Zeit war ich einem Höhepunkt nahe. Ich hechelte und bat darum, kommen zu dürfen. Mit einem Lachen auf den Lippen erlaubte er es mir.

In mir wurde es mit einem Mal ganz still, keine Gedanken mehr, nur noch dieses unbeschreibliche Gefühl in meinem Unterlaib. Alles in mir zog sich zusammen, ich schrie meine Lust laut in den Raum, als sich meine ganze Spannung in einem Orgasmus entlud. Ich entspannte mich, und als die Wellen des Höhepunktes gegangen waren, musste ich laut lachen. Es war der erste, nicht selbst verursachten Orgasmus in dieser Wohnung, für den ich mich herzlich bedankte.

»Zieh dich wieder an, dann setzten wir uns erst einmal«, sagte er und begab sich auf das Sofa.

»Sicher, ja. Möchten Sie vielleicht etwas zu trinken?«, fragte ich mit unsicherer Stimme.

»Gerne ein Wasser, Sklavin«, bekam ich zur Antwort.

Kaum war meine Kleidung gerichtet, ging ich in die Küche, kam mit zwei Gläsern und einer Flasche Wasser zurück und schenkte uns beiden etwas ein. Peter wies mich an, neben ihm auf dem Sofa Platz zu nehmen.

Er erklärte mir, dass er gewusst hatte, dass es mir gefiele, wenn er ohne weiterzusprechen gleich Hand anlegte. Er berichtete mir, wie verlockend es war, als er sah, wie ich ihm machtlos und willig gegenüberstand. Gerne wäre er sofort noch weiter gegangen, aber er wollte mich nicht gleich zu Anfang überfordern und mich nicht verschrecken. Schließlich fragte er mich, ob ich so zufrieden war, wie ich nach dem Orgasmus ausgesehen hatte.

Wir beiden lachten und ich bestätigte seine Frage. Ich erklärte ihm, wie es für mich gewesen war. Er wollte wissen, ob ich Angst gehabt hätte, was ich mit einem beschämten Lächeln verneinte. Es war mir peinlich, das es mich so anmachte. Obwohl ich gesagt hatte, dass ich ihm nur die Wohnung zeigen wollte, hat er mich in kürzester Zeit dazu gebracht, ihn um einen Orgasmus zu bitten. Die Vorstellung in meiner Phantasie, wenn ich von so etwas geträumt hatte, während ich mich befriedigte, war ja ganz schön. In Wirklichkeit aber war es atemberaubend. Dankbar und glücklich legte ich schließlich meinen Kopf in seinen Schoß. Peter streichelte ihn und spielte mit meinen Haaren, während wir noch eine Weile über unsere sexuellen Vorlieben sprachen. Mir gefiel außerordentlich gut, was er zu berichten hatte. Es tat gut zu hören, wie sich für ihn so ein Spiel gestalten sollte. Ob bei Züchtigungen, Demütigungen oder auch bei intimer Folter, immer sollte das erotische Miteinander, die Lust aufeinander, diese Momente tragen. Er betonte, das Zwang zwar eine schöne Komponente darstellen kann, er aber nicht möchte, dass es dieser ist, der seine Sklavin in seinem Bann hält.

Nicht der Zwang soll es sein, der bestimmt wie weit wir gehen können, sondern meine Hingabe und die gemeinsame Lust sollten es sein. Darum würde er nichts mit mir anstellen, zu dem ich nicht wirklich bereit wäre.

Irgendwann sagte Peter, dass er am nächsten Vormittag noch ein paar Dinge erledigen müsste und fragte, was ich später am Tage vorhätte, denn er wollte mich sehr bald wiedersehen. Ich hatte nichts weiter vorgehabt, als mich von dem geplanten Treffen mit Jan zu erholen, falls es doch mehr als ein Essen geworden wäre. Also sagte ich ihm, das ich ab Mittag auch Zeit hätte. Mit einem breiten Lächeln im Gesicht schlug er vor, das wir uns spätnachmittags am nächsten Tag, nicht weit von mir, an einem Waldstück treffen wollten. Gerne wollte auch ich ihn bald wieder sehen, so machten wir die Verabredung fest. Nach einer ausgedehnten Verabschiedung verließ Peter meine Wohnung und ich ging gleich in mein Bad, um mich bettfertig zu machen. Bevor ich zu Bett ging, schaute ich nochmal auf mein Handy. Unter anderem waren drei Nachrichten von Jan darauf.

18:45 Uhr: »Ich dachte, du wolltest mir dienen, Sklavin?«

22:30 Uhr: »Schade das du dich nicht mehr gemeldet hast, ich wollte dich nicht Versetzten.«

23:45 Uhr: »Wir holen das nach! Gute

Nacht Sklavin.«

Ich schmunzelte und schüttelte den Kopf. Irgendwie war das ja schon süß. Ich schrieb zurück.

»Da reden wir noch mal drüber. Gute Nacht der Herr.«

Nachdem ich auch meine restlichen Nachrichten beantwortet hatte, legte ich mich zur Ruhe. Dort träumte ich noch eine Weile von Peter und malte mir aus, was er am nächsten Tag wohl mit mir im Sinn hatte.

Am nächsten Morgen wachte ich entspannt und ausgeschlafen auf. Es war noch früh genug, um den Tag ruhig anzugehen. Ich machte mir einen Kaffee und wieder hatte ich Peter im Kopf. Ich träumte davon, wie er mit mir in den Wald ging, mich abseits des Weges an einen Baum band, sich einen frischen Stock suchte und mich damit schlug. Voller Vorfreude auf den Nachmittag machte ich ein paar Einkäufe und bereitete mich anschließend auf das Treffen mit Peter vor. Im Laufe des Vormittages bekam ich eine Nachricht von Peter.

»Vielleicht kannst du ohne Auto kommen? Dann brauchen wir hinterher nicht mit zwei Autos weiter fahren.«

Weiter fahren? Wo wollte er wohl noch mit mir hin? Neugierig fragte ich nach, doch Peter meinte, das solle eine Überraschung sein. Das Stück bis zum Waldrand wollte ich erst zu Fuß gehen, aber ich wusste nicht, wie weit wir in dem Wald hineingingen. So fuhr ich die vier

Stationen mit dem Bus und lief nur die letzten Meter bis zu dem Parkplatz, auf dem wir uns treffen wollten.

Wir hatten schönes Wetter, die Sonne schien von einem fast wolkenlosen Himmel und es war angenehm warm. Der letzte Regen lag schon ein paar Tage zurück, so war der Waldboden auch nicht zu nass.

Lange musste ich nicht auf Peter warten. Er stieg aus seinem Wagen und wir umarmten uns zur Begrüßung. Es kribbelte sofort in meinem Schritt, als ich ihm gegenüberstand. Ein schönes Gefühl, mit dem unser Spaziergang begann. Neugierig fragte ich ihn, wo er nach unserem Spaziergang noch mit mir hinfahren wollte. Er lachte laut und meinte, dass er eigentlich gar nicht spazieren gehen wollte. Er wollte mich direkt in sein Auto packen und mich in einen SMKeller entführen. Leider klappte das an diesem Tag nicht, weil er sonst eine Einladung zur Geburtstagsfeier eines Freundes verpasst hätte und gar nicht so viel Zeit hatte.

Ein wenig enttäuscht darüber, dass wir nicht so lange zusammen sein konnten wie geplant, ging ich einen halben Schritt hinter ihm weiter den Waldweg entlang. Die Idee mit der Entführung aber ging mir nicht mehr aus dem Kopf. Voller Erregung durch den Gedanken daran verflog meine Enttäuschung und ich schloss wieder zu ihm auf, um ihn anzulächeln.

Mit einer Hand griff er mir in den Nacken, drückte meinen Kopf nach unten und erhöhte das Tempo. Wir rannten fast schon, als er abrupt stoppte und meinen Kopf mit einem Griff in meine Haare in den Nacken zog.

»Ich kann dich steuern, wie ich das möchte, du folgst und gehorchst mir. Haben wir uns verstanden, Kleines?«, sagte er zu mir, während er durch den festen Griff in meine Haare, meinen Kopf hin und her schob. Ich ließ locker, wehrte mich nicht dagegen und bestätigte mit flatternder Stimme seine Frage. Genoss es, wie seine zweite Hand über meinen Oberkörper glitt und mich sanft zu sich heranzog. Ich war Wachs in seinen Händen und fühlte mich bei ihm gut aufgehoben. Die Hand in meinen Haaren ließ locker. Ich lehnte mich mit meinem Kopf an seine Schulter, streichelte mit einer Hand seine Seite, während er meine Brüste knetete und mir in die Brustwarzen kniff. Der Schmerz ließ mich laut zischen, was er mit hämischen Lachen und noch intensiveren Kniffen quittierte. Mit einem Schlag auf meinem Hintern deutete er mir schließlich an, weiter zu gehen. Die Stimmung zwischen uns beiden war danach eine ganz andere. Deutlich spürte ich, wie er Lust auf mich hatte und auch mein Verlangen nach ihm wuchs. Bald kamen wir an einem Aussichtspunkt, etwas abseits des Weges stand eine hölzerne Essgruppe, auf der sich Peter am Ende, mit dem Rücken zum Weg, niederließ.

Ohne Aufforderung kniete ich mich vor ihm auf dem ausgetretenen Waldboden hin.

»Braves Mädchen«, sagte er, während er

mir den Kopf tätschelte.

»Was mache ich denn jetzt mit dir?«, fragte er, spekulierte danach laut über das, was er mit mir machen wollte.

»Ich könnte dich hier auf der Stelle nehmen. Hmm, oder ich probiere deinen süßen Mund aus. Ja, das würde dir bestimmt gefallen, hab ich recht?«

»Wie Sie wünschen«, antwortete ich kleinlaut mit einem Lächeln auf den Lippen.

Lachend erwiderte er: »Ja, das habe ich mir gedacht. Du geiles kleines Ding, du hast deinen Spaß, das sehe ich. Wollen wir einmal sehen, ob du gleich immer noch so locker lächelst. Los, leg dich mit dem Oberkörper auf die Bank, Rock hoch und Arsch raus!«, sprach er weiter, stand auf, ging zum Gebüsch und kam wenig später mit einem Stock zurück.

Ängstlich hatte ich über die Schulter geblickt, um zu sehen, was er da mitbrachte. Ein fingerdickes Stöckchen war es, mit dem Peter ein paar Mal in die Luft schlug, bevor er ihn an seinem eigenen Bein probierte.

»Ja, so müsste das gehen«, bestätigte er sich selbst und sagte dann zu mir: »Kopf nach vorne und Hintern schön raus strecken. Und dann bleibst du so stehen, verstanden Sklavin?«

»Ja Herr«, antwortete ich und tat, was er verlangte.

Kurz darauf spürte ich den Stock, wie er über meinen Hintern glitt. Ich zuckte kurz zusammen, gewöhnte mich aber schnell an diese Berührung. Der Moment bis zum ersten

Hieb schien eine Ewigkeit zu dauern, in der sich ein Kribbeln durch meinen gesamten Körper zog. Mein Blick, der in Richtung des Weges gerichtet war, hüpfte nervös auf und ab. Ich horchte in das Rauschen des Windes, ob Menschen in der Nähe waren. Hier in der Öffentlichkeit prickelte es besonders zwischen meinen Beinen. Voller Begierde nahm ich die ersten Schläge entgegen. Immer härter traf mich das Holz, bis ich vor Schmerz fast aufgeschrien hätte. Mit Mühe nur gelang es mir, diesen Schmerz nicht laut in den Wald zu schreien. Das konnte ich nicht machen, es hätte mich jemand hören können.

Kurz bevor ich laut zu schreiben begann, ließ die Intensität seiner Schläge nach. Der Stock tanzte nun auf meinem Fleisch, von der Hüfte bis zu den Knien, Peter rötete so meine Haut. Zum Abschluss versetzte er mir zehn kräftige Hiebe, bei denen ich kaum stillhalten konnte. Kaum war er fertig, setzte er sich auf die andere Seite und befahl mir, zu ihm herüber zu kommen. Ich erhob mich langsam von der Bank und kroch die zwei Schritte zu ihm hin.

»Braves Mädchen«, sprach er zu mir und streichelte unterdessen meine Wangen.

»Jetzt hab ich dich so schön verwöhnt, mit den letzten Schlägen habe ich dir sicher auch Striemen zum Andenken geschenkt, dann kannst du mir auch etwas Gutes tun«, sagte er und öffnete seine Hose, um dann meinen Kopf in seinen Schritt zu drücken. Genüsslich saugte ich an seiner Eichel, küsste das sich aufstellende Glied und liebkoste mit einer Hand sein Geschlecht. Dann nahm ich ihn tief in mich auf, voller Sehnsucht danach, sein Glied nicht nur in meinem Mund spüren zu dürfen, saugte ich an ihm und bald schon ergoss er sich in mir.

»Das hast du sehr gut gemacht«, sagte er, nachdem er kurz, ganz entspannt und mit geschlossen Augen, auf der Bank gesessen hatte. Dieses Bild gefiel mir sehr gut und ich war zufrieden mit mir.

Peter zog sich wieder an und wir gingen zurück zum Parkplatz. Er brachte mich noch nach Hause und wir verabschiedeten uns, ohne ein neues Treffen auszumachen. Das wollten wir später besprechen, zuerst aber wollten wir uns schreiben.

Erregt, wie ich nach dem Spaziergang mit Peter war, legte ich mich sofort hin um es mir selbst zu machen. In Windeseile war ich zum Höhepunkt gekommen, wie noch zwei weitere Male an diesem Abend. Zwischendurch schrieb ich Peter, der mir auf dieser Internetplattform eine öffentliche Freundschaft angeboten hatte, eine Nachricht. In dieser lobte ich seine Art und erklärte, wie schön ich das Miteinander gefunden hatte.

In den nächsten Tagen verbrachte ich mehr Zeit auf der Arbeit als zu Hause und war deshalb kaum online. Darum antwortete ich auch nicht sofort auf jede Nachricht, die mir Peter auf mein Handy sandte. Zu meiner

Verwunderung sah ich dann, dass Peter im Internet die öffentliche Freundschaft mit mir aufgelöst hatte.

War er wirklich noch so unreif und dachte, dass wenn ich nicht sofort antworte, dann will ich nicht mehr dein Freund sein? Oder dachte er etwa wirklich, dass sich seine Sklavin vorrangig um ihn zu kümmern hat? Wie auch immer, auf solche Spielchen hatte ich keine Lust. Ungläubig ignorierte ich die Aufkündigung der Freundschaft an diesem Abend.

Am nächsten Tag schrieb ich ihn an und formulierte aus, dass ich es schade fände, dass er die Freundschaft beendet hätte. Ich verriet ihm, dass ich jetzt wieder ein paar Tage frei hätte und das ich die intime Beziehung mit ihm gerne fortführen wollte.

Leider war seine Reaktion nicht sonderlich Positiv. Er wollte etwas Festes. Eine Sklavin, die ihren Tag mit ihm abstimmt, die sich regelmäßig meldet und ihm zur Verfügung steht. Das wollte und konnte ich nicht bieten. Von Anfang an hatte ich ihm gesagt, dass ich selbst über mein Leben bestimme. Dass ich gerne eine längerfristige gemeinsame Entdeckungsreise anstrebte, aber ich mich nicht auf eine feste Beziehung einlassen wollte. Ich erklärte mich ihm ein weiteres Mal und hoffte, das er sich doch auf eine lockere Beziehung einlassen konnte. Gemeinsam Spaß haben konnten wir ja schließlich auch außerhalb einer festen Lebensgemeinschaft.

Er aber schrieb in einer ausgedehnten Nachricht zurück, dass er seine Sklavin für sich haben wollte. Wenn er mit einer Frau spielte, dann hatte er auch Machtansprüche. Sie musste dann gehorchen und nicht selbst darüber bestimmen, wie sie ihre Freizeit gestaltete. Und wenn ich mich nicht darauf einlassen wollte, dann beendete er die Freundschaft und wollte sich eine Frau suchen, die ihn zu würdigen wusste.

Fassungslos schrieb ich zurück, dass er sich dafür gerne eine andere suchen sollte. Ich wollte mich nicht weiter mit ihm beschäftigen, es war zwar schön mit ihm, aber diese Einstellung passte nicht zu mir und meiner Lebensweise. Das Gute war, dass ich danach den Kopf wieder frei für neue Schandtaten hatte.

...

Der Lust verfallen

2

Zur Leidenschaft gezwungen

Marie L.

LETTEROTIK

Nachdem ich mit Dieter und Peter schon intensive Momente erleben durfte, brauchte ich eine Zeit für mich alleine. Ich fand es schade, zwei Männer, mit denen es eigentlich ganz gut klappte, vertrieben zu haben, weil ich mich nicht fest an jemanden binden wollte. Aber mir war es wichtig, nach dieser langen Beziehung, zunächst frei zu bleiben.

In meinem Leben habe ich noch nicht wirklich lange alleine gelebt. Auch wenn ich bei meinen Partnerschaften lange eine eigene Wohnung hatte, wirklich alleine lebte ich nicht einmal ein ganzes Jahr. Ich nahm mir vor, es vorerst ganz ohne Mann zu probieren. Fragte mich ernsthaft, ob ich den Richtigen überhaupt hätte erkennen können, wenn er vor mir gestanden hätte.

Sporadisch trieb ich mich dennoch auf dieser Internetplattform herum und schrieb, mehr oder weniger oberflächlich, mit geneigten Männern. Beinahe jedes Mal, wenn ich online war, schrieb mich auch Jan an. Er wollte es einfach nicht aufgeben und je mehr ich versuchte, ihn auf Abstand zu halten, desto häufiger erreichten mich Nachrichten, in denen er ein Treffen vorschlug. Immer wieder betonte ich, dass ich nichts Festes wollte und dass ich nicht glaubte, dass es einen Sinn hätte, wenn wir uns sehen würden.

Er aber gab nicht auf und erklärte sich bereit, auf Besitzansprüche, außerhalb etwaiger Treffen, zu verzichten. Da ich nicht wollte, dass mehr aus mir und Jan werden sollte, strich ich das Ganze drum herum. Warum noch reden? Wir kannten uns gut und wussten beide, dass wir uns wollten. So lud ich ihn eines Nachmittags spontan zu mir ein.

Den ganzen Tag hatte ich schon dieses Kribbeln im Bauch. Eigentlich war genug Arbeit auf dem Tisch, aber ich blieb nie lange bei der Sache, schweifte ab und träumte davon, wie ich gefesselt und wehrlos ausgepeitscht werde. Irgendwann ließ ich die Arbeit Arbeit sein und öffnete die Internetplattform. Jan war online und schrieb mich bald an. Ich antwortete ihm.

»Guten Tag der Herr, ich hoffe, bei Ihnen läuft alles zu Ihrer Zufriedenheit. Vielleicht freuen Sie sich über mein folgendes Geständnis: Mir ist danach, geschlagen und gedemütigt zu werden. Der Gedanke daran, dass Sie mir zeigen, wie weit meine masochistische Neigung geht, macht mich willig. Bitte besuchen Sie mich in Kürze, um sich an mir zu vergehen.«

Schnell machte er den Vorschlag, noch am selben Tag zu kommen. Ich war begeistert und so hungrig darauf, mich streifig schlagen zu lassen, dass ich nicht weiter über Details nachdachte. Voller Euphorie schrieb ich Jan, dass er gerne ab dem frühen Abend kommen könnte. Er war einverstanden und wollte gegen 18 Uhr da sein.

Beschwingt räumte ich noch ein wenig auf und ging anschließend ins Bad, um mich fertigzumachen. Eine gründliche Rasur war natürlich Pflicht, sorgfältig sorgte ich dafür, dass kein Haar an und um meine Scham mehr stehen blieb. Kaum war ich dort unten blank und der übrig gebliebene Schaum abgewaschen, fing ich an mich zu streicheln. Schnell erregten mich meine Berührungen und am liebsten hätte ich mich auf der Stelle befriedigt, aber das wollte ich dem Treffen nicht vorwegnehmen. Ich war so schön erregt, ich spürte, wie begierig mein Fleisch darauf aus war, gezüchtigt zu werden. Dieses Kribbeln der Vorfreude überzog nicht bloß meinen Schritt und den Busen. Nein, es war, als ob jeder Winkel meines Körpers sich danach verzehren würde, geschunden zu werden. Ich hatte die Befürchtung, dass mir ein Orgasmus womöglich die Lust nehmen könnte. Mir war klar, wie leidensfähig ich durch Erregung sein konnte, das wollte ich Jan und mir nicht durch Selbstbefriedigung kaputtmachen. So blieb es bei ein paar Streicheleinheiten, bevor ich mich noch einmal komplett abduschte und danach aus der Wanne stieg.

Abgetrocknet und eingecremt stand ich schließlich im Bademantel vor meinem Kleiderschrank und überlegte, was ich anziehen sollte. Ich wusste, sonderlich lange würde ich meine Kleidung sicher nicht anbehalten, aber Jan nackt zu begrüßen, das wollte ich dann doch nicht.

Ein kurzes, sehr leichtes, schwarzes Kleid suchte ich mir aus und legte es auf mein Bett. Ich hatte noch ein wenig Zeit und beschloss, vorher noch etwas zu essen. Vor Aufregung hatte ich das Mittagessen ausfallen lassen und es wäre keinem geholfen, wenn ich das Spiel wegen einer Unterzuckerung beenden müsste.

Erst als ich die Nachricht von Jan bekam, dass er sich losmachte und in 20 Minuten da wäre, zog ich das Kleid über. Danach zündete ich ein paar Kerzen an und stellte zwei frische Gläser auf den Tisch. Nervös stand ich schließlich auf meinem Balkon und beobachtete die Straße. Als Jans Auto endlich um die Ecke bog, freute ich mich riesig und stand bald neben der Tür, um auf sein Klingeln zu warten.

In dem Moment, in dem ich dort an der Tür stand und die Klingel läuten hörte, beschloss ich, dem Herrn eine Freude zu machen. Nachdem ich den Summer für die Haustür betätigt hatte und hörte, wie er die ersten Stufen herauf zu meiner Wohnung nahm, ließ ich meine Wohnungstür einen Spalt offen stehen und kniete mich in die Diele. Ich hörte meinen Pulsschlag, immer schneller und lauter pochte es in meinem Hals, als ich vernahm, dass Jan die letzten Stufen erreicht hatte.

Die Tür öffnete sich und ich begrüßte ihn kleinlaut.

»Sieh mich an Sklavin«, hörte ich ihn sagen und blickte auf. Er streckte mir seinen Handrücken entgegen, um diesen von mir küssen zu lassen. Danach streichelte er meine Wange und sagte:

»So ist es richtig Sklavin, jetzt küsse meine Füße.«

Verlegen tat ich, was er erwartete und küsste mehrfach seine Schuhe.

»Gut. Komm hoch und zeig mir erst einmal deine Wohnung.«

Kaum war ich aufgestanden, schnappte er mich und nahm mich in den Arm.

»Ich freue mich, dass du mich eingeladen hast«, sagte er und löste die Umarmung. Ich zeigte ihm meine Wohnung und fragte, ob er etwas trinken wollte.

»Gerne ein Wasser, das du mir so servierst, wie es sich für eine Sklavin gehört«, antwortete er. Ich schenkte uns beiden ein Glas Wasser ein, kniete mich vor dem Herrn nieder, stellte sein Glas auf meine Handfläche, als wäre diese ein Tablett, und reichte ihm so das Glas. Er nahm es, trank einen Schluck, verlangte, dass ich meine Hand erneut ausstreckte, und stellte es wieder dort ab.

»Stell es auf den Tisch und zieh mir meine Schuhe aus, Sklavin«, wies er mich im herrischen Tonfall an.

»Ja, Herr«, antwortete ich, stellte das Glas ab, um ihm danach vorsichtig die Schuhe auszuziehen.

Einen kurzen Moment war Stille im Raum. Der Herr schaute mich an, direkt in meine Augen, beinahe war es so, als würde er geradewegs in mich hineinsehen. Wegen dieses Blickes sprangen die Gedanken in meinem Kopf hin und her. Mich fragend, was er an diesem Tag mit mir machen wollte, versuchte ich dem Blick standzuhalten.

»Ein schöner Anblick, so ein williges Etwas unter mir«, unterbrach er die Stille. Ich spürte die Schamesröte in meinem Gesicht aufsteigen und senkte meinen Kopf.

»Wer wird denn da gleich rot, Sklavin? Nur weil ich das Offensichtliche ausspreche? Du hast mich eingeladen, weil du eine kleine verdorbene Sklavin bist, die einer strengen Züchtigung bedarf. Oder habe ich da etwas falsch verstanden, Sklavin?«

Während ich diese Worte vernahm, senkte sich mein Kopf immer weiter, mein Kinn berührte fast meine Brust. Es beschämte mich, wie er so offen aussprach, was ich nur schreiben konnte. Mit zitternder Stimme antwortete ich ihm: »Ja, Sie haben Recht Herr.«

»Ach?«, entgegnete er lachend, »Sag mir, was du bist, Sklavin!«

Ich konnte kaum denken, in mir zog sich alles zusammen. Ich drehte meinen Kopf weg und wollte am liebsten aus dieser Situation fliehen. Egal wie sehr ich es liebte, eine masochistische, wollüstige Frau zu sein, die sich schlagen und quälen ließ. Doch es war eine demütigende Entblößung, dies laut aussprechen zu müssen. Selbst nach all den Jahren, in denen ich aktiv Erfahrungen sammeln durfte, war ich mir nicht sicher, ob das, wonach ich mich sehnte, auch richtig war.

Der Gedanke an mein ausgesprochenes Zugeständnis, mit den kommenden Züchtigungen einverstanden zu sein, demütigte mich und raubte mir die Stimme. Erst nachdem er meinen Kopf mit einer Hand an meinem Kinn zu sich gedreht und mich nochmals aufgefordert hatte, doch zu sprechen, entgegnete ich unsicher und stockend: »Ich bin eine kleine willige Sklavin, die dringend gezüchtigt werden sollte, Herr.«

Am liebsten hätte ich meinen Blick wieder von ihm abgewandt, meinen Kopf wieder zur Seite gelegt, doch seine Hand hielt mein Kinn fest und fixierte meinen Blick mit seinen Augen. Nachdem er den Griff gelöst hatte und meine Wangen gestreichelt hatte, sprach er und ich konnte meinen Blick wieder senken.

»Genau so ist es Sklavin! Also steh jetzt auf, zieh dich aus und zeig dich dem Herrn!«

Durch mein Geständnis fühlte ich mich wie aufgelöst, kaum einen klaren Gedanken konnte ich fassen. Es war noch nichts passiert und doch fühlte ich mich bereits offen und verletzlich, als hätte er mich schon entblößt, in einer freizügigen Stellung unter die Lupe genommen. Etwas wackelig richtete ich mich auf, ging einen Schritt zur Seite, zog mir mein Kleid über den Kopf, faltete es sorgfältig und legte es hinter mir auf ein Schränkchen. Ich legte die Hände auf den Rücken, trat wieder einen Schritt zu ihm heran und stellte mich mit leicht gespreizten Beinen vor ihn.

»Dreh dich für mich, Sklavin«, befahl er mir. Zweimal drehte ich mich um meine eigene Achse, stellte mich nach einem kleinen Knicks wieder in die Ausgangsposition.

»Kein schlechter Anfang«, kommentierte er und befahl weiter: »Lauf für mich. Einmal quer durch den Raum, zum Fenster, drehen und hier her zurück!«

So aufrecht und gerade wie konnte, ging ich zum Fenster, machte dort kehrt und kam wieder zurück.

Mit gerunzelter Stirn sah der Herr mich an.

»Hmm, ich weiß nicht, lauf nochmal.«

Erneut ging ich den angewiesen Weg und stellte mich danach wieder vor ihn.

»Ja, wie ein Bauerntrampel, so darf eine Sklavin sich nicht bewegen!«, warf er abfällig in den Raum.

»Zieh dir ein paar Pumps an, vielleicht machen die es besser.« Schnell suchte ich ein Paar aus und zog es mir an, um dann erneut den Weg durch das Wohnzimmer zu nehmen. Meine Gedanken waren dabei wie erstarrt, einzig das Klappern der Schritte, die ich in den hohen Schuhen tat, klangen in meinem Kopf. Konzentriert achtete ich darauf, meine Füße bei jedem Schritt gerade voreinander zu stellen. Am Fenster angekommen, drehte ich mich auf der Stelle, danach kehrte ich langsamen Schrittes wieder auf den Herrn zu.

»Das sieht ja schon besser aus«, stellte er mit einem gehässigen Grinsen fest. Ich bedankte mich kleinlaut. Mein ganzer Körper war angespannt. Alles an mir sehnte sich danach, berührt zu werden. Ich spürte meine harten Brustwarzen, meine Haare, die sich langsam auf meinen Armen aufstellten und mein Geschlecht, das unerhört pochte. Mir wurde klar, dass dem Herrn meine Reaktion nicht verborgen blieb. Und tatsächlich lachend nahm er zur Kenntnis, dass es mich wohl erregen würde, nackt vor ihm zu stehen.

Dann nahm er meine Brüste in seine Hände, knetete und liebkoste sie erst, bevor er gemein in meine festen Brustwarzen kniff. Leise stöhnte ich auf, was ihn nur zu einem festeren Druck animierte. Wieder stöhnte ich, diesmal etwas lauter. Er löste seinen Griff von meinen Brüsten, gab mir einen Kuss auf die Stirn. Anschließend stand er auf und stellte sich hinter mich. Meine Arme, die ich hinter meinem Rücken zusammenhielt, trennte er und legte sie sanft neben meine Hüften, um mich so innig zu umarmen. Seine Hände glitten sanft über meinen Körper. Meine Erregung wurde präsenter. Mit einem Mal war mein Schritt so feucht, dass sich mein Saft zwischen den Schamlippen herausdrücken wollte.

Er griff mir zwischen die Beine, spürte meine aufkommende Feuchtigkeit.

»Immer noch so leicht zu erregen, ja?«, fragte er und teilte zärtlich meine Schamlippen, um mit zwei Fingern meine Perle zu ertasten. Mit einem beschämten Nicken bestätigte ich seine Frage. Der Herr lachte, kniff mein zartes Fleisch fest. Mein Atem stockte vor Schmerz und meine Knie wurden weich. Erst als er den Griff lockerte, atmete ich wieder. Ich genoss seine anschließenden Berührungen und wünschte mir, dieser Moment, in dem ich ihn so nahe bei mir spürte, würde nie vergehen. Doch bald ließ er wieder von mir ab und setzte sich.

»Ich habe Durst. Sklavin, erfülle deinen Dienst!«, befahl er mir. Ich kniete erneut vor ihm nieder, nahm sein Glas und reichte es ihm, wie er es erwartete.

»Danke, Sklavin. Wenn du auch etwas trinken möchtest, dann solltest du das jetzt tun«, entgegnete er.

»Ja, Herr. Danke Herr«, antwortete ich und trank mein Glas in einem Zug fast leer.

»Deine Hand Sklavin! Wo ist mein Tablett, oder soll ich mein Glas jetzt hier festhalten?«, fragte er harsch.

»Nein Herr. Entschuldigen Sie bitte«, erwiderte ich und hielt ihm meine Handfläche, wie gefordert, hin. Kaum hatte er das Glas dort platziert, befahl er mir, es auf den Tisch zu stellen und fragte nach dem Spielzeug, von dem ich ihm im Chat erzählt hatte. Viele waren es nicht, nur ein paar wenige Stücke, die ich einer langen Kiste unter dem Tisch im Wohnzimmer aufbewahrte, waren mir aus der letzten Beziehung geblieben. Ich krabbelte ein Stück auf dem Boden, um an diese Kiste heranzukommen. Der Herr lachte und befahl mich mitsamt der Kiste zu ihm zurück. Er rutschte ein Stück zur Seite und sagte: »Stell sie hier oben ab und öffne sie für mich, Sklavin.«

Wie aufgetragen präsentierte ich ihm, was mir zur Verfügung stand. Seitdem ich meinen ehemaligen Herrn verlassen und er mir die Kiste gepackt hatte, hatte ich erst einmal hineingesehen. Benutzt wurden die Sachen seither nicht. Es war ein seltsames Gefühl, ihn jetzt darin kramen zu sehen. Der Herr legte Halsband und Manschetten heraus und befahl mir, diese anzulegen. Zitternd nahm ich das Halsband in die Hand. Ich dachte kurz an den Moment, in dem ich es zum ersten Mal angelegt bekommen hatte. Jahre war es her und damals bedeutete es mir die Welt.

»Was ist Sklavin? Du zitterst, bekommst du jetzt etwa Angst?«, fragte er ein wenig besorgt.

Ich schüttelte den Kopf und legte das Halsband mit einem tiefen Seufzer an.

Der Herr streichelte danach meine Wange und befahl mir, auch die Hand und Fußmanschetten anzulegen und meine Schuhe auszuziehen.

Kaum war das geschehen, sollte ich noch seine Tasche aus der Diele holen. Aufstehen durfte ich dafür nicht. Der Herr meinte, es würde mir gut stehen, wenn ich krabbelte. Auf allen Vieren krabbelte ich also los, um die Tasche zu holen. Er lachte über mich, als ich mit ihr zurückkam, hatte einen Rohrstock in der Hand, tippte damit auf eine freie Fläche des Sofas und wies mich an, sie dort abzustellen.

»Brav Sklavin«, entgegnete er und fragte: »Möchtest du sehen, was ich dir mitgebracht habe?«

»Ja, bitte Herr«, antwortete ich und er öffnete mit breitem Grinsen seine Tasche, aus der er verschiedene Schlagwerkzeuge zog. Jedes Einzelne kommentierte er, erklärte mir, wie es sich anfühlen würde, damit geschlagen zu werden. Immer begehrender hörte ich ihm zu. Bald wollte ich nichts anderes mehr, als jedes dieser Stücke auf meiner Haut zu spüren.

»Pass lieber auf, was ich erzähle, das mache ich nicht zum Spaß Sklavin«, ermahnte er mich und fuhr fort.

»Wie wäre es mit einem kleinen Spiel, Sklavin?« Ohne meine Antwort abzuwarten, sprach er weiter.

»Sicher spielst du es gerne mit mir. Ich verbinde dir gleich die Augen, fixiere dich und dann züchtige ich dich.«

Ich grinste voller Vorfreude und sagte: »Das Spiel wird mir sicher gefallen Herr.«

»Aber das ist doch nicht alles, meine kleine Sklavin«, sagte er und lachte, um mir dann den Rest des Spiels zu erklären.

»Du wirst mir sagen, womit ich dich züchtige, Sklavin.«

Ich schluckte und sah ihn mit großen Augen an. Wieder lachte er, tätschelte meine Wange und sprach weiter.

»Wenn du aufgepasst hast, was ich gerade erklärt habe, wird es dir leicht fallen, die Schläge dem richtigen Instrument zuzuordnen.

58

Für jeden Fehler bekommst du hinterher den Stock, Sklavin! Ich denke 10 Hiebe werden angemessen sein. Sind mehr als fünf Fehler dabei, erhöhen wir die Strafe auf 20 Hiebe. Verstanden, Sklavin?«

Dann rechnete er laut vor. »Ich habe 12 Teile mitgebracht, mit denen ich dich gleich schlagen werde. Errätst du alle richtig, bleibt dir der Stock erspart. Liegst du bei jedem falsch, wären das 240 Hiebe. Bei einem Fehler bekommst du 10 Hiebe mit dem Stock. Bei fünf Fehlern schon 100 Hiebe. Bist du so schusselig und schaffst es noch mehr Fehler zu machen, sagen wir sieben, dann bekommst du 140 Hiebe. Verstanden?«

Ich begann zu zittern. Die Vorstellung, ich könnte alle Instrumente falsch zuordnen, machte mir Angst. In meinem Kopf entstand eine Leere, die ich kaum ertragen konnte. Ich wusste nicht, was ich denken sollte und fühlte mich klein. Sah mich schon den 240 Hieben mit dem Stock ausgesetzt. Der Herr sah mich fragend an, ich wollte nicht antworten, wollte dieses Spiel nicht spielen. Doch als er seine Frage wiederholte, ob ich das verstanden hätte, antwortete ich: »Ja, aber 240 Hiebe, das halte ich nicht aus, Herr.«

Er lachte und sagte: »Dann gebe dir Mühe, so schwer ist das nicht, Sklavin.«

Am liebsten hätte ich protestiert, doch ich sah mir die Schlagwerkzeuge nochmals an. Einige waren eindeutig zu erraten und ich beruhigte mich. Gebannt prägte ich mir die einzelnen Peitschen ein, bei denen würde ich beim Raten sicher Schwierigkeiten bekommen. Ich überlegte, wie ich die lederne Peitsche mit den glatten Riemen von der mit den geflochtenen unterscheiden sollte, fragte mich, ob da überhaupt ein Unterschied zu spüren sein könnte. Doch viel Zeit zum Nachdenken blieb mir nicht. Mit einem langen Schal verband mir der Herr die Augen, half mir aufzustehen. Ich hörte es klappern, versuchte nachzuvollziehen, was er tat. Ich hörte, wie er einen Stuhl verrückte, dann klapperte es erneut. Unsicher stand ich in dem Raum, vor meinem geistigen Auge schwebten die Schlagwerkzeuge, die mich gleich treffen sollten, umher. Ich versuchte ruhig zu bleiben und redete mir ein, es wäre ein Leichtes zu erkennen, was mich traf.

Endlich unterbrach der Herr meine Gedanken, schnappte mich, zog mich ein paar Schritte zur Seite, befahl mir meine Arme über den Kopf zu strecken. Dann hakte er die Ösen an meinen Manschetten am Handgelenk in Karabiner ein. Er musste meine Blumenampel abgenommen und stattdessen eine Kette an der Öse in der Decke befestigt haben, das Schnappen des Verschlusses klang eindeutig. So stand ich nackt, mit gestrecktem Körper, vor dem Herrn und erwartete, die Schlagwerkzeuge zu spüren.

Angespannt versuchte ich meine Nervosität nicht zu zeigen, bemühte mich ruhig zu stehen. Mein Unterleib kribbelte und in meiner Mitte brodelte es gewaltig. Zumal der Herr mich zunächst streichelte, bevor er mit dem Spiel begann. Er liebkoste meine Brüste, streichelte über meinen Oberkörper und fand schließlich den Weg zwischen meine Schamlippen. Voller Erregung stöhnte ich auf. Beinahe vergaß ich, was mir bevorstand. Ich war ganz in diesem Moment gefangen und dachte nicht mehr nach. Erst als er von mir abließ und seine Liebkosung mit einem festen Schlag auf mein Geschlecht beendete, setzte auch mein Denken wieder ein.

»Dann wollen wie mal anfangen Sklavin«, sprach er, meine Unsicherheit und Angst waren verflogen. Ich hörte ihn um mich herum gehen, er überlegte dabei laut.

»Wie oft schlage ich dich jetzt mit den einzelnen Instrumenten? Du sollst ja eine faire Chance bekommen, Sklavin, da wäre ein Schlag zu wenig. Hmm, fünf Schläge erachte ich für angemessen.«

Ich spürte, wie sich mein Körper anspannte und begierig darauf wartete, die ersten Schläge zu empfangen. Endlich traf mich der Erste, etwas Weiches, Zartes traf meinen Rücken. Sofort wusste ich, dass es die SingleTail, eine einschwänzige Peitsche, war, die mir ein Kribbeln auf den Rücken zauberte. Ich genoss die vier weiteren Schläge, die ebenfalls meinen Rücken trafen, und sagte direkt danach mit großer Freude, was mich getroffen hatte.

»Sehr schön Sklavin«, hörte ich den Herrn sagen, während er über meinen brennenden Rücken streichelte.

»Dann zum nächsten«, meinte er und schon traf etwas Starres auf meinen Hintern. Der Schmerz raubte mir beinahe den Atem. Nach dem dritten Schlag konnte ich kaum mehr denken, war ganz in dem Brennen auf meinem Hintern aufgelöst. Ich versuchte mich zusammenzureißen und bei den letzten beiden Schlägen tippte ich auf das Holzpaddel. Unsicher sagte ich mit fragendem Unterton: »Das könnte ein Holzpaddel gewesen sein, Herr?«

»Könnte?«, fragte er gehässig.

»Ja Herr, ich glaube, das war ein Holzpaddel«, antwortete ich.

Ich spürte das Holz über meine Wange streicheln und war mir sicher, dass ich richtig gelegen hatte. Ängstlich versuchte ich meinen Kopf weg zudrehen, befürchtete, er könnte mir damit ins Gesicht schlagen.

»Keine Angst Sklavin, wer wird denn so böse sein und dein hübsches Gesicht mit einem Paddel schlagen?«

Ich atmete tief durch, entspannte und senkte beschämt über meinen Gedanken, er würde so etwas mit mir machen, den Kopf. Er streichelt weiter mit dem Paddel über meine Wange, hob damit schließlich mein Kinn an und sprach: »Ja, schäme dich, Sklavin. Dafür bekommst du ab jetzt 10 Schläge mit jedem weiteren Teil.«

Mir meiner Schuld bewusst antwortete ich unterwürfig »Ja, mein Herr, das habe ich verdient.«

Er lachte, gab mir einen Kuss auf die Stirn und erwiderte: »Genau Sklavin.«

Kurz darauf traf mich der nächste Schlag. Der Schmerz, der von ihm ausging, brannte in meiner Haut. Von den Brüsten, an dem er mich traf, breitete sich eine Welle über den Oberkörper aus, die sich anschließend in meinem Schritt verdichtete. Als mich der zweite Schlag auf der anderen Brust traf, schrie ich auf. Ich hatte keine Ahnung, was es gewesen war, konnte auch nicht nachdenken. Der Schmerz, der nur langsam abebbte, war zu stark. Die nächsten Schläge trafen auf meine Rippen, die Letzten auf meinen Hintern. Ich war ratlos, es konnte nur eine Peitsche gewesen sein, die so beißend meine Haut getroffen hatte. Aber welche es war, konnte ich nicht mit Gewissheit sagen. Ich kämpfte gegen die Tränen, der Schmerz, die Ungewissheit, was mich getroffen hatte, das addierte sich und ich war kaum in der Lage etwas zu sagen. Ich spürte plötzlich etwas Hartes zwischen meinen Beinen. Die glatte Oberfläche des Peitschengriffes berührte mein Geschlecht und tippte gegen meine Perle. Diese Berührung machte es mir nicht leichter, zu bestimmen, welche Peitsche es war. Willig stellte ich mich auf die Zehnspitzen, um meine Beine etwas spreizen zu können. Ich versuchte mir die auf dem Sofa liegenden Peitschen vorzustellen, aber die Griffe hatte ich mir zuvor nicht genauer angesehen.

»Na, womit habe ich dich jetzt geschlagen Sklavin?«, fragte der Herr und ich stotterte vor mich hin: »Herr, ich, ich kann es nicht genau sagen, Herr.«

»Dann rate Sklavin, los«, raunte er zurück.

»Die Peitsche mit den Gummiriemen, Herr?«, antwortete ich schließlich fragend.

»Das ist dein erster Fehler Sklavin«, sagte er gehässig.

»Bitte, womit haben Sie mich geschlagen Herr?«, fragte ich unwissend.

»Das verrate ich dir hinterher, es soll doch nicht zu einfach werden, Sklavin!«, bekam ich zur Antwort. Den Griff der Peitsche bewegte er unterdessen weiter zwischen meinen Schamlippen, begierig streckte ich ihm mein Becken entgegen. Mein Schritt kribbelte und in mir breitete sich eine Hitze aus, die mir den Atem raubte. So erregt, wie ich war, blendete ich die Welt um mich herum aus. Ich spürte nur noch mein Geschlecht und die Hand des Herrn, die zärtlich mit meinen Brustwarzen zu spielen begann. Gerne hätte ich mich in diesem Moment aufgelöst, hätte dem Herrn vergessen lassen, was er noch vorhatte. Doch das lag nicht in meiner Macht. Kaum hatte ich mich in dieses schöne Gefühl fallen lassen, schon beendete er sein Tun.

Kurz darauf wurde mein Rücken von etlichen Riemen scharf getroffen. Sofort war mir klar, das musste die Peitsche mit den Gummiriemen gewesen sein. Mit jedem Schlag, der mich im Weiteren auf meinen

Hintern traf, stöhnte ich lauter auf. Der Schmerz drang tief in mich hinein und ich musste Schlucken, bevor ich dem Herrn sagen konnte, was ich vermutete, so sehr zogen sich die Wellen des Schmerzes durch meinen Körper. Die Erregung schien mit einem Mal verflogen, das Brennen auf meiner Haut hatte sie aus meiner Mitte gezogen. Den Tränen nahe sagte ich dann: »Das war die Peitsche mit den Gummiriemen, Herr.«

Er streichelte mir über mein Gesicht, tätschelte wohlwollend meine Wange und beglückwünschte mich.

»Gratuliere, diesmal lagst du richtig Sklavin. Du machst dich.«

Verlegen bedankte mich und versuchte mich, nach diesen Hieben, ein wenig zu entspannen. Dachte daran, dass ich noch acht Instrumente vor mir hatte und erschauderte. Der Herr streichelte unterdessen mein brennendes Hinterteil. Langsam beruhigte sich meine Haut, der Schmerz war verflogen und ich spürte wieder, wie geil mich das Ganze machte. Kurz darauf fühlte ich etwas Samtiges über meinen Rücken streifen, dann traf mich ein Hieb zwischen meinen Schulterblättern. Lustvoll stöhnte ich auf, als mich der Stoff das zweite Mal traf. Es tat gut, nach den beiden hart schlagenden Peitschen diese Weiche auf meiner Haut zu spüren. Ich genoss die weiteren Schläge und erklärte danach: »Das muss die Peitsche mit den Samtriemen gewesen sein, mein Herr.«

Lachend erwiderte er: »Genau, die scheint dir ja zu gefallen, Sklavin.«

Fragend antwortete ich: »Ist das so offensichtlich, Herr?«

Erneut lachte er und meinte: »So lustvoll, wie du gestöhnt hast, ja«

Auch ich musste kichern und bestätigte seine Vermutung. Daraufhin traf mich die Peitsche auf meiner Vorderseite, tanzte über meinen Bauch und meine Brüste. Dabei sprach der Herr zu mir: »Wenn dir die so gut gefällt, dann belohne ich dich ausnahmsweise damit, Sklavin.«

Er schlug mich so lange damit, bis ich der Ekstase nahe war. Diese Peitschenhiebe, bei denen ich nicht nachdenken musste, die ich einfach nur spüren durfte, brachten mich beinahe bis zum Höhepunkt. Dieses Kribbeln auf meiner Haut, das schmerzhafte Ziehen, das die Hiebe auf mir hinterließ, steigerte meine Lust immer weiter, bis ich mich fallen ließ, mein Denken endete in diesem Moment. Da waren nur noch die tanzende Peitsche und mein immer intensiver kribbelnder Schritt. Doch als ich den nahenden Orgasmus in mir spürte, endete der Tanz auf meiner Haut. Zitternd und hechelnd stand ich dort und brauchte einen Moment, ehe ich mich wieder beruhigt hatte.

Kaum war meine Atmung ruhiger, traf mich schon das nächste Teil. Ein dünner kalter Stab traf mich quer über mein Hinterteil. Der Schmerz, der von ihm ausging, schien mich zu zerteilen. Und dennoch musste ich lachen, denn plötzlich hatte ich die Worte des Herrn im Kopf, mit denen er mir vor diesem Spiel Mut machen wollte.

»So schwer ist das nicht, Sklavin«, hatte er gesagt, als ich nur an die Schmerzen denken konnte, die der Stock mir zufügen würde. Das mir das Spiel selbst auch Schmerzen bereiten und so viel abverlangen würde, darüber hatte ich vorher nicht nachgedacht. Beim zweiten Hieb sagte der Herr zu mir: »Was lachst du, du Stück? Das wird dir noch vergehen.«

Tatsächlich war mir nicht mehr nach Lachen zu Mute, ich schrie auf und spannte meine Muskeln an, so fest ich nur konnte, erwartete gebannt den nächsten Schlag. Unbarmherzig hinterließ er einen weiteren, brennenden Striemen auf meinem Hintern. »Bitte Herr, das halte ich nicht aus, mein Herr«, stotterte ich nach diesem Hieb. Der Herr griff in meine Haare und flüsterte mir ins Ohr: »Wenn du die nächsten beiden Hiebe ohne einen Muckser von dir zu geben erträgst, dann sparst du dir die letzten fünf.«

Mit flatternder Stimme bestätigte ich ihn: »Ich werde keinen Ton von mir geben, Herr.«

Ich biss mir auf die Unterlippe und versuchte mich zu konzentrieren. Der nächste Treffer saß knapp unterhalb des Vorherigen, mit aller Mühe hielt ich den Schrei zurück, der aus mir heraus wollte.

»Noch ein Schlag«, sagte ich zu mir und versuchte mich zusammenzureißen. Dann traf er mich ein weiteres Mal. Beinahe hätte ich mich nicht zurückhalten können, aber nur ein dumpfes Stöhnen drang aus meinem zusammengepressten Mund heraus. Mir den Kopf tätschelnd, meinte er trocken: »Das will ich nochmal durchgehen lassen, wenn du mir sagen kannst, was dich getroffen hat, Sklavin. Liegst du falsch, wirst du auch die anderen fünf Hiebe noch spüren müssen.«

Gerne hätte ich mich in diesem Moment aufgelöst, oder mich zusammengerollt, um meine Wunden zu lecken. Mein Hintern brannte. Die fünf Striemen waren deutlich zu spüren, der Gedanke, dass mich weitere Schläge auf mein gereiztes Fleisch treffen würden, machte mir Angst. Egal ob ich richtig riet, sechs Schlagwerkzeuge würden noch vor mir liegen. Den Tränen nahe tat ich meine Vermutung kund: »Die Edelstahlgerte hat mich so erbarmungslos getroffen, Herr.«

Er strich mit den Fingerspitzen über die geschwollenen Striemen, stellte sich dabei ganz dicht neben mich, sodass er meine Seite berührte, und sprach direkt in mein Ohr: »Genau, meine kleine geile Sklavin. Solch wunderschöne Spuren zaubert nur die Edelstahlgerte. Ich bin stolz, dass meine Sklavin die Züchtigung damit für mich ertragen konnte.«

Ein Schauer lief mir über den Rücken, ich atmete schwer, konnte die Berührungen an den frischen Striemen kaum ertragen und doch genoss ich diesen Augenblick. Ich spürte den

Stolz meines Herrn und fühlte mich ihm in diesen Moment so nah. Bald streichelte er nicht mehr nur die einzelnen Striemen, sondern seine Hand wanderte über meinen Rücken langsam zu meinem Nacken. Den kraulte er erst sanft, um dann den Druck langsam zu steigern, schließlich griff er so fest hinein, dass sich meinen Kopf senkte. Es kribbelte wild in meinem Körper, die Schmerzen waren in einem Nebel aus Geilheit und Unterwürfigkeit verschwunden. Ich war eins mit meinem Herrn und dankbar, ihn spüren zu dürfen. Der Griff in meinem Nacken löste sich, über mein Haar streichelnd, fragte er mich: »Bist du bereit für die zweite Hälfte, Sklavin?«

Ich wusste nicht, wie ich noch mehr ertragen sollte, wollte aber das Spiel nicht beenden. Zu schön war es, mich so intensiv durch ihn erleben zu dürfen. Allerdings spannten die Striemen von der Edelstahlgerte so sehr, dass ich nicht anders konnte, als Einwände zu äußern.

»Zu gern würde ich wissen, wie viele von den ausstehenden Schlagwerkzeugen ich richtig zuordnen kann. Aber ich befürchte, die Striemen von der Gerte könnten unter weiteren Schlägen aufgehen und blutige Narben könnten entstehen, Herr.«

Erneut griff er mir in den Nacken und mit der anderen Hand an mein Kinn, drückte meinen Kopf so an seine Wange. Dabei sprach er zu mir: »Sicher, dein Hinterteil hat fürs

Erste genug, Sklavin. Aber du bestehst doch aus mehr als einem Körperteil, oder nicht?«

Ich fühlte mich überrumpelt und töricht, er hatte Recht, was ich mit flatternder Stimme bestätigte: »Ja, mein Herr, entschuldigen Sie bitte.«

Er ließ meinen Kopf los, entfernte sich von mir mit den Worten: »Gut, dann wollen wir doch mal sehen, womit ich weiter mache.«

Ich atmete tief durch und versuchte mich zu sammeln. Ich war hin und her gerissen. Auf der einen Seite war ich unendlich froh, mich dem Herrn weiter hingeben zu dürfen, auf der anderen Seite war die Furcht vor dem weiteren Spiel. Mein Hintern war weit weniger empfindlich als mein übriger Körper. Zu wissen, dass mich die sechs weiteren Schlagwerkzeuge überall, außer dort, treffen würden, erfüllte mich in diesem Moment gleichermaßen mit Dankbarkeit und Unsicherheit. Doch lange brauchte ich nicht darüber nachzudenken. Riemen trafen meine Rippen, wickelten sich von meiner Vorderseite aus um meinen Brustkorb, bis die Spitzen den Rücken trafen. Noch bevor ich Luft holen konnte, trafen mich die Riemen ebenso auf der anderen Seite. Beinahe auf dieselben Stellen folgten die weiteren Hiebe, bei denen die Riemen sich immer tiefer in meine Haut zu bohren schienen. Ich konnte nicht mehr denken, spürte nur noch die Halbkreise, die auf meinen Rücken gemalt wurden. Bald keuchte ich vor Schmerz und Erregung. Hatte danach

Mühe, eine Vermutung darüber zu äußern, was mich getroffen hatte. Eine der langen Peitschen, so viel war sicher, aber welche der beiden? Der Herr forderte mich auf meinen Tipp abzugeben und betonte, dass er kein Zögern tolerieren würde, so riet ich einfach:

»Die Peitsche mir den geflochtenen Riemen, Herr.«

Daraufhin gab er mir einen leichten Klaps auf mein geschundenes Hinterteil, als ob er sich bei ihm für meinen falschen Tipp entschuldigen wollte.

»Ach, armes Ding, was wirst du doch noch leiden müssen. Das war leider falsch, Sklavin«, sagte er in mitleidigen Tonfall. Mehr als einen tiefen Seufzer konnte ich nicht erwidern. Der Gedanke an 20 Hiebe mit dem Rohrstock ließ nichts anderes mehr zu. So sehr ich versuchte, den Gedanken aus meinem Kopf zu verbannen, es gelang mir nicht. Das Bild, was ich vor mir sah, wie ich nach dieser Behandlung aussehen würde, ließ mich erstarren. Erst als mich das nächste Teil direkt zwischen meine Beine traf, verschwand es aus meinem Kopf. Ein weiterer Treffer auf meine Mitte und ich war wieder die nach dem nächsten Hieb lechzende Sklavin, auf die mein Herr stolz sein konnte. So weit, wie ich konnte, spreizte ich meine Schenkel, was der Herr sofort quittierte. Kurz streifte er mit seiner Hand durch meine feuchte Mitte, stupste meine Perle an und sagte lobend: »Schön das du dich mir öffnen willst, Sklavin.«

Er traf erneut meine Mitte. Wieder und wieder, dabei stets präziser werdend, schlug er mein empfindliches Fleisch. Der letzte Schlag, traf genau auf meine Kirsche. Ich schnappte nach Luft und versuchte einen klaren Gedanken zu fassen. Wollte in diesem Moment nicht verstehen, warum mich etwas so schmerzhaftes derartig geil machte.

»Und was hat dir gezeigt, wie geil du doch bist, Sklavin?«, hörte ich ihn fragen. Ich war mir unsicher, wie das Teil hieß, was mich gerade so schrecklich schön getroffen hatte. Unbeholfen beschrieb ich es deshalb: »Dieses Teil aus Leder, das zu einem weichen, dicken Schwanz geflochten ist, Herr.«

Daraufhin wanderte seine Hand wieder in meinen Schritt. Es kribbelte noch von den Schlägen und bei seiner Berührung fühlte es sich an, als könnte ich jeden Moment explodieren.

»Genau, die kurze Bullenpeitsche«, hauchte er mir in mein Ohr und streichelte dabei weiter mein Geschlecht. Ich begann vor Erregung zu zittern, fühlte mich, als ob ich schwebte. Es war, als gäbe es nur noch meinen Schritt, als wäre ich eine schwebende Kugel, nichts weiter als ein Bündel pure Geilheit. Ich musste nicht Denken, konnte mich einfach treiben lassen und explodierte, mit einem lauten Schrei, bei dem sich meine Lunge gänzlich entleerte. Ich konnte nicht anders reagieren, konnte nicht mehr atmen, mich nicht mehr kontrollieren. Ich bestand nur noch aus meinem Unterleib, und erst als dieser sich zuckend zu entspannen begann, schnappte ich nach Luft und bedankte mich keuchend bei meinem Herrn.

»Danke, mein Herr. Danke, dass Sie mich haben kommen lassen, Herr.« Er schlug daraufhin fest auf meine Mitte und entgegnete harsch: »Du bedankst dich? Hast du mich irgendetwas gefragt, was ich dir daraufhin gestattet habe, Sklavin?«

Ich war wie erstarrt. Keine Sekunde hatte ich darüber nachgedacht, ihn um einen Orgasmus zu bitten. Beschämt versuchte ich mich zu rechtfertigen: »Herr, es ging alles so schnell. Ich konnte nicht mehr reagieren. Sie, haben mich so geil gemacht, unter Ihren Berührungen konnte ich mich nicht mehr zurückhalten, mein Herr.«

Seine Antwort erschien mir kühl und herrisch.

»Dafür hast du eine Strafe verdient, Sklavin, das weißt du! Sei froh, dass mir dein Anblick so gut gefiel, Sklavin, sonst hätte ich einfach aufgehört, als ich spürte, dass du so weit bist! Ich sollte dich ...«

Er unterbrach seinen Satz mit einer Reihe Ohrfeigen. Mir meiner Schuld bewusst entschuldigte ich mich demütig: »Es tut mir leid, Sie werden eine gerechte Strafe für mich wählen, Herr.«

Ich hörte, wie er um mich herum ging und laut darüber nachdachte, wie er mich bestrafen könnte.

»Ich sollte von vorne anfangen. Oder die letzten vier Schlagwerkzeuge durch die Edelstahlgerte ersetzen. Genau, das wäre eine wirkliche Strafe. Hmm ...«

Danach schwieg er lange, ich wagte es nicht, zu protestieren. Am liebsten hätte ich laut aufgeschrien! Doch ich hoffte darauf, dass er Gnade mit mir hätte und nicht allzu hart mit mir ins Gericht ginge. In meinem Bewusstsein nahm der Gedanke, 40 Hiebe mit diesem Monster ertragen zu müssen, zusehend Platz ein und brachte mich fast um den Verstand. Gerade wollte ich zu klagen beginnen, da führte er seine Gedanken fort.

»Nein, ich möchte schon wissen, wie du am Ende dieses Spiels abschneidest. Aber was mache ich dann mit dir?«

Erleichtert atmete ich auf, spürte, wie er direkt vor mir stehen blieb und mit zwei Fingern über meine Wange steifte. Dann richtete er das Wort an mich: »Hmm ..., wir schauen ja gerade, wie oft du falsch liegst. Und mit deinem unerlaubten Orgasmus lagst du definitiv falsch, Sklavin! Dich dann noch dafür Bedanken und dich nicht zu entschuldigen, ebenfalls falsch! Also zwei weitere Strafpunkte, macht zusammen mit deinen beiden Patzern bei den Schlagwerkzeugen 40 Hiebe mit dem Stock, Sklavin!«

Ich wusste nicht, wie ich darauf reagieren sollte, fand keine Worte und nickte einfach nur leicht mit dem Kopf. Wieder spürte ich seine Finger auf meiner Wange, von der sie sich hinunter zu meiner Brust bewegten und bei der Brustwarze haltmachten, um hinein zu kneifen.

»Gut, dann wollen wir weiter sehen«, waren seine letzten Worte vor dem weiteren Spiel. Ich versuchte nicht an die Strafe zu denken, atmete tief durch und erwarte den nächsten Schlag. Ich hörte ein lautes Zischen neben mir und im gleichen Moment spürte ich, wie sich etliche Riemen in die Haut auf und um meine Brüste herum eingruben. Der Aufprall raubte mir kurzzeitig den Atem. Mehr vor Schreck, als vor Schmerz quietschte ich laut auf. Beim nächsten Treffer war ich vorbereitet. Atmete einmal tief ein, als ich das Schwingen der Peitsche in der Luft vernahm. Wo die Enden der Riemen mich trafen, da war es am schmerzhaftesten, diese Stellen brannten lange nach. Als der letzte Schlag mein Fleisch berührte, fühlte sich meine rechte Brust, die von den Enden geschunden wurde, so an, als hätten Ameisen in sie hinein gebissen. Ein unbeschreiblich schönes Gefühl, das mir ein Lächeln auf die Lippen zauberte, als ich meinen Tipp abgab.

»Diesmal war es die Peitsche mit den geflochtenen Riemen, Herr.«

Meine brennende Brust streichelnd bestätigte er mich.

»Richtig, das scheint dir ja gefallen zu haben.«

Ich fühlte ich ertappt und kommentierte ihn nur mit einem beschämten Nicken. Gerne hätte ich ihn länger bei mir gespürt, es tat so gut, wie er sanft meine gereizte Haut streichelte. Doch bald ließ er wieder von mir ab, trat kurz darauf erneut neben mich, ich spürte, wie seine Hand an meinem rechten Bein hinabglitt. An meinem Knöchel angekommen, befahl er mir den Fuß zu heben. Er stützte mich, hielt dann meinen Fuß fest um den nächsten Schlag auf meiner Fußsohle zu platzieren. Bald darauf pochte ein dünner Streifen, zu dem zügig vier weitere hinzukamen, auf meiner empfindlichen Fußsohle. Mit Tränen in den Augen spürte ich, wie er den Fuß losließ und etwas Dünnes, Raues meinen linken Unterschenkel berührte. In dem Moment wurde mir klar, was meine rechte Sohle zum Glühen gebracht hatte. Er tippte mit der Gerte vor mein Schienbein, wies mich so an, ihm den linken Fuß zu geben. Wie in Zeitlupe hob ich das Bein und legte meinen Knöchel in seine Hand. Mit eisernem Griff hielt er ihn, sorgte so dafür, dass ich nicht wegzucken konnte, während er mir fünf feste Hiebe aufzählte. Mein flehendes Stöhnen dabei schien ihn nicht zu beeindrucken. Ohne ein Wort zu verlieren, löste er den Griff und ließ mein Fuß langsam wieder hinunter. Die Fußsohle brannte, als ich wieder mit ihr aufsetzte. Nur langsam wurde dieses schmerzliche Brennen zu einer angenehmen Wärme und ich konnte wieder klar denken. Mein Herr streichelte mir über den Rücken und fragte: »Sicher kannst du mir sagen, was deine Füße verwöhnt hat?«

»Verwöhnt?«, fragte ich patzig, »Die Gerte war es, aber mit Verwöhnen hatte das nichts zu tun.«

»Für so eine Antwort müsste ich dir den Punkt abziehen Sklavin. Aber ich will mal nicht so sein, du wirst noch genug bestraft«, raunte er daraufhin gehässig.

Unsicher verkniff ich mir einen Kommentar. Wenn er überhaupt etwas von mir hätte hören wollen, dann sicher einen Dank für seine Großzügigkeit. Doch ihm danken konnte und wollte ich in diesem Moment nicht. Ich wusste nicht mehr, was ich denken sollte. Wie sollte ich die 20 letzten Schläge des Spiels und vor allem die Strafe danach ertragen? Kurz dachte ich daran aufzugeben, doch wusste ich, dass ich einen Abbruch später bitter bereuen würde. Sicher würde der Herr Verständnis zeigen und würde mir deshalb nicht grollen. Aber für mich selbst wäre es eine Schande gewesen, so knapp vor dem Ziel einzuknicken. So fasste ich all meinen Mut zusammen und bat meinen Herrn: »Bitte machen Sie weiter, ich bin bereit.«

»Schön, dass du darum bittest«, hörte ich ihn sagen, als er im Vorbeigehen meine Seite streichelte. Ich entspannte mich, so gut es eben ging und schon schnalzte etwas im Halbkreis um meinen Oberschenkel. Deutlich spürte ich, wie sich nach dem Treffer eine halbrunde Schwiele bildete.

»Aber das ist doch mein gebogener Rohrstock«, schrie ich, als der erste Schreck des Schmerzes verflogen war. Ohne darauf zu antworten, platzierte er vier weiter Halbkreise ober und unterhalb des ersten, wechselte dann die Seite, um dort ebenfalls fünf dieser eindeutigen Spuren zu zeichnen. Bei jedem dieser Schläge, die stetig intensiver wurden, stöhnte ich immer lauter werdend auf. Wieder hatte ich das Gefühl abzuheben, der beißende Schmerz, der sich zusammen mit dem schnalzenden Ton des sich auf meiner Haut biegenden Stockes ausbreitete, befreite mich von jeglichen Gedanken. Nur die Freude über die vermutlich lang anhaltenden Spuren auf meinen Oberschenkeln empfand ich. Dankbar und glücklich lächelte ich, fast weinend stammelte ich, immer noch benommen: »Danke mein Herr, das tat gut, mein Herr.«

»Du bist mir eine. Hier lagst du wieder richtig Sklavin, dann bleibst du mir noch einen Tipp schuldig«, kommentierte er lachend. Mich fragend, wo er die letzten Schläge platzieren würde, hörte ich ihn neben mir auf und ab gehen. Ich wurde zunehmend unsicher.

»Warum sagte er nichts? Warum machte er nicht weiter?«, fragte ich mich und überlegte, ob ich etwas sagen sollte. Ich blieb aber ruhig und wartete nervös ab, was weiter geschehen würde. Irgendwann blieb er hinter mir stehen, ich spürte seinen Atem in meinem Nacken, seine Arme, wie sie um mich herum griffen. Er schmiegte sich an mich, spielte mit seinen Fingern an meinen Brüsten. Berührte sie dabei nur zart. Es kribbelte unerhört, nicht nur an meinen Brustwarzen, sondern auch in meinem

Schritt. Ganz sachte, beinahe kaum spürbar, und doch in einer Intensität, die mich auflud, stimulierte er meine immer härter werdenden Knospen. Mein Unterleib zuckte unwillkürlich. Ich winselte und wusste nicht, ob ich ihn damit bat, sein Tun einzustellen, oder ob ich darum bettelte, doch bloß nicht aufzuhören. Schwallartig ergoss sich mein Saft, tropfte zwischen den Schamlippen heraus auf den Boden unter mir. Ich wusste, ich würde jeden Moment erneut kommen. Wollte ihn darum bitten, doch mein Hochgefühl wurde jäh beendet, weil mein Herr seine Fingernägel ganz fest in meine hart aufgestellten Brustwarzen bohrte und fragte: »Na, was hast du übersehen Sklavin? Noch gebe ich dir eine Chance, was hat dich noch gezüchtigt in diesem Spiel?«

Dabei drehte er meine Warzen zwischen seinen Fingern ein und zog so meine Brüste in die Länge. Mein Kopf erschien leer, mein Körper aufgeladen und durchzogen mit dem stechenden Schmerz, den mein Herr mir schenkte. Die Lust in meinem Schritt wurde zu einem drängenden Ziehen, das mich dazu zwang, zu betteln:

»Bitte mein Herr, bitte machen Sie es mir. Meine Mitte schreit vor Geilheit, das halte ich nicht aus.«

»Sollst du jetzt an deine Lust denken, Sklavin? Ich hatte dich etwas gefragt!«, keifte er mich an. Ich hatte tatsächlich nur meine Lust im Kopf, dieses Gefühl in mir war so übermächtig, dass ich kaum darüber nachdenken konnte, womit er mich noch geschlagen haben sollte. Auch als er seinen Griff wieder lockerte, kam mir nicht mehr in den Sinn, als zusammenhanglose, nicht ausformulierbare Fragen. Ich konnte es ihm nicht beantworten. Wusste nicht, wie es möglich sein konnte, da etwas zu übersehen. Hilflos fragte ich schließlich: »Bitte mein Herr, was soll das gewesen sein?«

»Oh, das ist traurig Sklavin«, sagte er leise und streichelte mit einem Handrücken über mein Gesicht. Die Zeit schien still zu stehen. In mir war ein Strudel, der mich einsog. Eine Hand an meiner Wange, die andere glitt sanft über meinen Körper. Gerne wäre ich versunken, abgetaucht, ich schämte mich, das nicht sofort erkannt zu haben. Mit flatternder Stimme sagte ich: »Jetzt ist es mir klar, es tut mir leid. Eure Hand hat mich ebenfalls gezüchtigt, Herr.«

»Leider zu spät. Zusammen fünf Strafpunkte«, erklärte er mit gepresst wirkender Stimme und löste sich von mir, um vor mich zu treten und mir die Augenbinde abzunehmen. Ich bedankte mich, als sich meine Augen wieder an das Licht gewöhnt hatten.

»Ich bin stolz auf dich«, sagte er und blickte mir dabei fest in die Augen. Gab mir einen Kuss auf die Stirn, bevor er die Karabiner an meinen Handgelenken löste. Mit steifen Schultern ließ ich die Arme langsam heruntersinken. Der Herr nahm mich in den Arm, stützte mich und gab mir Halt. Seine Nähe tat gut. Ohne nachzudenken, küsste ich ihn leidenschaftlich. Danach ließen wir uns gemeinsam auf dem Sofa nieder, streichelten und küssten uns weiter. Bald war auch der Herr nackt, spreizte zärtlich meine Schenkel, hob mein Becken leicht an und drang in meinen Schoß ein. Wollüstig stöhnten wir unsere Lust in den Raum.

Er kniff mir in die Brustwarzen, fuhr von dort zu meinem Hals, legte seine Hand um ihn herum und drückte sanft zu, während er allmählich schneller werdend in mir hin und her glitt. Unsere Körper bewegten sich im Gleichtakt, wir gaben uns einander hin, explodierten beide schreiend, lagen noch eine Weile vereint zusammen. Ich sah, wie sein Gesicht sich entspannte und er lächelnd zwischen meinen Brüsten lag. Ich streichelte liebevoll sein Haar und genoss diesen Moment. Langsam zog er sich aus mir zurück, ich reichte ihm eine Schachtel Tücher und drehte mich zufrieden auf die Seite. Mit einem netten Lächeln im Gesicht gab er mir einen Kuss auf die Wange und legte sich neben mich.

Ein seltener Moment der Nähe, den wir beide auskosteten. In der ganzen Zeit, in der wir uns kannten, hatten wir noch nie nackt zusammen gelegen. Jetzt seine Haut an meiner zu spüren, seine Wärme und seinen Schweiß, das ließ mich fast die bevorstehende Strafe vergessen. Während ich ängstlich darüber nachdachte, wurde er neben mir immer ruhiger und schien vollkommen entspannt. Ich streichelte ihn, nahm seine Hand und küsste wiederholt seinen Handrücken, bedankte mich abermals für seinen heutigen Besuch. Er drehte sich zu mir, schob einen Arm unter meiner Hüfte hindurch und legte den anderen Arm darüber. Dann knetete mit beiden Händen meinen geschundenen Hintern, strich zärtlich über die dick geschwollenen Striemen der Edelstahlgerte.

»Die Strafe erwartet dich beim nächsten Besuch. Für heute sollst du dieses schöne Gefühl behalten. Wenn deine Haut sich erholt hat, wirst du mich sicher gerne wiedersehen wollen, um deine Strafe zu empfangen. Habe ich Recht, Sklavin?«, flüsterte er mir ins Ohr.

Ich lächelte und nahm ihn ganz fest in meine Arme und bestätigte ihn mit großer Erleichterung: »Danke Herr. Ja, wann immer Sie es wünschen. Ich werde Sie und meine Strafe erwarten.«

»Wann immer ich will?«, fragte er hämisch, »Dann nehme ich dich beim Wort, meine Kleine.«

Was hatte ich da nur versprochen? In meinem Leichtsinn hatte ich nicht darüber nachgedacht, was meine Worte bedeuteten. Wie konnte er das jetzt nur wörtlich nehmen? Ich spürte sofort, dass protestieren keinen Sinn hatte. Es war so gesagt und nun konnte ich keinen Rückzieher mehr machen.

»Wann immer ich das möchte, rufe ich dich an und eine halbe Stunde später bist du für mich bereit. Du schickst mir gleich morgen früh deinen Arbeitsplan für die nächsten 14 Tage, verstanden?«, bekräftigte er meine Worte. Mir noch nicht darüber im Klaren, was das für mich bedeutete, antwortete ich: »Ja, das werde ich machen.«

Wir lagen dann noch eine Weile zusammen, ehe er aufstand und sich anzog. Ich blieb dabei nackt auf dem Sofa liegen und rekelte mich, um meine Spuren zu begutachten. Was ich sah, gefiel mir. Als er seine Sachen packte, fragte ich noch, welche Peitsche ich mit der mit den Gummiriemen verwechselt hatte. Er legte mir das Stück in die Hand, die Riemen waren aus einer Art Plastik und sahen gemein aus. Nach dem Abschied hüpfte ich freudig vor den Spiegel, um mir die Striemen der Edelstahlgerte genauer anzusehen.

Erst spät am Abend, als ich eine Nachricht des Herrn auf meinem Handy sah, in der er mich an meinen Dienstplan erinnerte, wurde mir endgültig klar, dass ich ab sofort auf Abruf zur Verfügung stehen musste.

...

Der Lust verfallen

3

Lust und Strafe

Marie L.

LETTEROTIK

In der Nacht, nachdem Jan bei mir war, fand ich nur schwer in den Schlaf. In meinem Kopf ging ich den Abend wieder und wieder durch. Sah mich gefesselt in meinem Wohnzimmer stehen. Es war so, als würde ich die zwölf Dinge, mit denen er mich geschlagen hatte, auf ein neues spüren. Blieb an den erregendsten Stellen hängen und träumte halb wach, halb schlafend davon, wie der Herr mich gezüchtigt und befriedigt hatte. Wieder und wieder kamen mir die Szenen in den Sinn, die mir meine bevorstehende Strafe eingebracht hatten. Nur an die hundert Hiebe mit dem Rohrstock und die Tatsache, dass er die Strafe ausführen konnte, wann immer es ihm beliebte, daran mochte ich nicht denken.

Zu schön war es, dieses innige Gefühl zwischen uns beiden, als wir zusammengelegen hatten. Immer noch war es so, als könnte ich ihn bei mir spüren. Sein Geruch lag auf meiner Haut und steckte in meinen Haaren. Jedes Mal, wenn ich mich drehte, spürte ich die Striemen auf meinem Körper, erwachte aus meinem Halbschlaf. Obwohl ich in der Nacht nicht zur Ruhe gekommen war, stand ich auf, noch bevor mein Wecker klingelte. Ich schwebte noch so in den Wolken, dass es mir nichts ausmachte, wenig geschlafen zu haben. Kaum war ich aufgestanden, stellte ich mich vor den Spiegel, begutachtete die Spuren, die mir von dem gestrigen Spiel geblieben waren. Jan hatte ganze Arbeit geleistet. Zufrieden und von der

Entstehung träumend, blieb ich eine lange Weile vor dem Spiegel stehen.

Dann kam mir mein Versprechen, das ich abgab, in den Sinn. Ich erschauderte, wie konnte ich mich so leichtfertig der Willkür eines Herrn aussetzen? Die Strafe, die nach seinem Spiel im Raum stand, hatte ich verdient, darüber war ich mir im Klaren. Der Gedanke, dass er jederzeit anrufen könnte, wenn er Lust darauf hat, sie auszuführen, ließ mich erstarren. Wie ferngesteuert fühlte ich mich, als ich mir meinen Kaffee aufsetzte. Zitternd nahm ich schließlich einen Schluck, setzte mich mit meinem geöffneten Terminplaner an den Wohnzimmertisch. Wie befohlen schrieb ich ihm eine Nachricht, in der ich ihm meinen Dienstplan mitteilte, trotz meines Magens, der sich dabei umdrehte.

Ich stockte beim Abschreiben des Plans, ich hatte noch Verabredungen mit Freunden ausgemacht und fragte mich, ob ich ihm diese gleich mitteilen sollte. Ich entschied mich dazu, erst einmal nur meine Arbeitszeiten zu versenden. Im Anschluss daran stellte ich die Frage, was ich mit etwaigen Verabredungen in den vierzehn Tagen, in denen ich ihm jetzt zur Verfügung stehen musste, machen sollte. Ich ertappte mich selbst bei dem Gedanken daran, diese abzusagen, damit ich mich ihm nicht verweigerte. Ich schüttelte mich.

»Nein, ich bin eine eigenständige Frau und ein freier Mensch«, sagte ich zu mir selbst. Ungeduldig schlürfte ich meinen Kaffee und wartete auf seine Antwort. Die zweite Tasse war schon fast ausgetrunken, als mein Handy endlich klingelte und mir den Eingang einer Nachricht anzeigte.

»Guten Morgen. Ich hoffe, du hast wohl geruht und genießt deine Spuren. Danke für deinen Arbeitsplan. Hast du schon Verabredungen getroffen? Dann schreib mir die Termine! Willst du dich in dieser Zeit zusätzlich mit jemandem Treffen, egal ob Freunde oder Kollegen, dann fragst du mich vorher. Verstanden?«

Als ich diese Zeilen las, fühlte ich mich plötzlich wieder so wie als kleines Mädchen. Ich hatte Kirschen aus dem Nachbargarten gegessen und der Besitzer hatte mich dabei erwischt. Er stellte mich vor meinen Eltern zur Rede und ich bekam Hausarrest. Und genauso kam ich mir jetzt auch vor. Nur hatte ich es mir diesmal selbst ausgesucht, als ich ihm versprach, die Strafe einzulösen, wann immer er es wollte.

Ich blätterte in meinem Terminplaner auf und ab, obwohl ich wusste, dass ich nur zwei Einträge gemacht hatte. Die Verabredung zum Kochen, mit meiner Freundin Sabine am heutigen Samstagabend, war schnell in mein Handy geschrieben. Doch von der FetischParty, die ich nächstes Wochenende mit Sabine besuchen wollte, ihm davon zu schreiben, davor graute mir. Lange starrte ich auf das längst schon dunkle Display. Ich hatte die Befürchtung, er würde mir den Besuch verbieten, oder gar verlangen, uns zu begleiten. Doch ich freute mich schon lange auf den Besuch dort und wollte auch nicht einsehen, wegen ihm auf meinen Spaß zu verzichten.

Egal was ich im Eifer des Gefechtes gesagt hatte, ich war ein freier Mensch! So schrieb ich ihm weiter, das ich am nächsten Freitag auf diese Party wollte. Seine Antwort darauf folgte schnell.

»Gut, dieses Wochenende soll sich deine Haut ohnehin erholen, also viel Spaß heute Abend euch beiden. Und nächste Woche wollt ihr zusammen frivol ausgehen, ja? Schade das ich am Freitag etwas vor habe, sonst hätte ich euch glatt begleitet. Passt denn jemand auf euch beiden Hübschen auf?«

Ich lachte erleichtert auf und ließ mich entspannt in die Sofakissen sinken. Grinsend schrieb ich ihm zurück.

»Danke Herr, auch das Sie sich Gedanken um uns machen! Ein langjähriger Freund von Sabine wird dort sein und ein Auge auf uns haben.«

Ich schüttelte mit dem Kopf und lachte laut, weil ich mich wirklich darüber freute, dass er sich Gedanken um mich machte. Als ich seine nächste Nachricht las, wandelte sich meine Freude über seine Fürsorge allerdings schlagartig.

»Welcher Freund? Ist er bei uns im Chat registriert? Ich will wissen mit wem du es da zu tun hast!«, schrieb er mir.

Aufgebracht verfasste ich eine Antwort, in der ich protestieren wollte. Schrieb, dass ich es nicht einsehen würde, preiszugeben, wer dieser Mann war. Dass ich alt genug wäre und wissen würde, was ich tat. Doch bevor ich die Nachricht absenden konnte, erhielt ich eine weitere Nachricht von ihm.

»Unterstehe dich mit Widerreden zu kommen, ich will wissen, wer da auf euch ›aufpasst‹. Sonst komm ich gleich vorbei und gebe dir deine Strafe, dann kannst du wieder machen, was du willst, Sklavin!«

Ich fühlte mich, als wäre ich geohrfeigt worden. Dagegen konnte ich nichts sagen. Gehorsam löschte ich, was ich bisher geschrieben hatte. Ohne weiteren Kommentar sandte ich den Spitznamen des Mannes, den er auf der besagten Internetplattform trug. Danach ging ich an meinen Rechner, um zu arbeiten. Erst als ich zwei Stunden später eine Pause machte, las ich eine weitere Nachricht von Jan auf meinem Handy.

»Braves Stück! Ich habe ihn mir angesehen, viel Spaß. Hinterher möchte ich einen genauen Bericht!«

Erleichtert, dass Jan keine Einwände hatte, schrieb ich zurück.

»Danke, den Bericht sende ich Ihnen dann gerne. Wünsche noch ein angenehmes Wochenende.«

Der restliche Tag verging wie im Fluge und am frühen Abend stand Sabine mit zwei vollgepackten Tüten vor der Tür. Sie begrüßte mich überschwänglich und stellte eine der Tüten, in der sich mehrere Weinflaschen befanden, gleich im Wohnzimmer ab.

»Lass uns den Rest in der Küche auspacken und dann trinken wir erst mal ein Schlückchen. Ich will wissen, wie es mit Jan war und ich muss dir auch unbedingt etwas erzählen«, schlug Sabine freudig vor. Ich lief auf der Stelle rot an, Bilder vom letzten Abend flogen mir durch den Kopf. Auch wenn meine Freundin ähnlich veranlagt war wie ich, es fiel mir schwer, Erlebnisse dieser Art mit anderen zu teilen. Egal wie intim wir sonst miteinander waren.

Wir packten die Tüten aus und begaben uns ins Wohnzimmer. Dort öffnete ich eine Flasche Wein und um von mir abzulenken, fragte ich Sabine, was sie mir erzählen wollte. Mit funkelnden Augen berichtete sie mir von Maik, den sie kennengelernt hatte. Ganz untypisch für Sabine war es, obwohl sie sich bereits zwei Mal gesehen hatten, dass es noch zu keinerlei intimen Kontakten gekommen war. Sie erschien aufgeregt, redete wie ein Wasserfall, während sie von diesem Mann und den Begegnungen mit ihm berichtete.

Neugierig fragte ich, wann die beiden sich wieder sehen wollten, doch ich bekam keine eindeutige Antwort. Sie druckste herum und meinte, dass es sich noch herausstellen würde. Sofort danach erkundigte sie sich nach Jan und mir. Ich zierte mich etwas, dann erzählte ich doch von dem Spiel, das Jan sich ausgedacht hatte. Und auch von der Strafe, die mir noch bevorstand. Sabine lachte, warf dabei beinahe ihr Weinglas um und spottete: »Du, die sich so eisern wehrt, ihre Freiheit aufzugeben, versprichst dich bereitzuhalten? Dir liegt wohl doch was an ihm! Willst du jetzt die Seine sein?«

Auch wenn sie mich nur aufziehen wollte, ich war eingeschnappt und raunte zurück: »Nein, ich habe doch gerade erklärt, dass ich dieses Versprechen bereue.«

Sabine rückte näher an mich heran, reichte mir mein Weinglas, streichelte mir über den Rücken und fragte: »Ist es wirklich so schrecklich, der Gedanke, dass du Jan in den nächsten zwei Wochen wiedersehen wirst?«

Ich grinste bis über beide Ohren und gestand: »Nein, eigentlich gefällt mir der Gedanke.«

Wir lachten beide und gingen gemeinsam in Küche, um das Essen zuzubereiten. Nach dem köstlichen Mahl wuschen wir zusammen das Geschirr ab und gingen zurück ins Wohnzimmer. Dort sprang Sabine geschickt vor mir auf das Sofa. Sie sah mich mit strahlenden Augen an und verlangte von mir, ihr meine Spuren von dem Treffen mit Jan zu präsentieren. Ich war stolz, diese Zeichen von ihm auf meinem Körper zu tragen und freute mich darüber, sie zu zeigen.

Langsam hob ich mein Kleid an, hob erst das eine Bein und dann das andere an. Sabine konnte die Halbkreise gut sehen. Ich strich mit einer Hand zärtlich über die Schwielen, hob mein Kleid über meinen Schultern und drehte mich herum. Die dünnen Striemen und die allmählich entstehenden blauen Flecken, die durch die Wucht der verschiedenen Peitschen auf meinen Rücken entstanden, kamen so zum Vorschein. Ich sah über meine Schulter hinweg. Sabine erhob sich, beugte sich zu mir, griff den Bund meines Slips und ließ ihn zu Boden gleiten.

»Deinen verzierten Hintern möchte ich auch begutachten, Liebes«, kommentierte sie ihr Tun. Dann glitt sie mit ihren langen Fingernägeln über die noch schmerzenden Striemen der Edelstahlgerte.

»Wunderschön«, hauchte sie mir zu und küsste mich entlang der angeschwollenen Streifen. Dann drehte sie mich zu sich herum, ich zog das Kleid komplett aus und ließ es zu Boden fallen. Sabine öffnete ihre Hose, und während wie wieder nach hinten aufs Sofa rutschte, zog sie Jeans samt Höschen herunter. Öffnete lasziv ihre Beine und ich legte meinen Kopf direkt zwischen Ihre Schenkel. Ihre Hände streiften durch mein Haar, während ich ihren Hügel küsste, um mich dann mit weiteren Küssen langsam dem zarten Fleisch zu nähern.

Liebevoll teilte ich erst mit meiner Zunge ihre Lippen. Dann nahm ich eine Hand zur Hilfe, um sie für meine Liebkosungen zu öffnen. Begehrend streckte sich mir ihr Becken entgegen und ich wusste, dass ich ein gutes

Werk tat. Sabine begann zu keuchen, stöhnte bald aus voller Brust und bebte vor Lust. Ich rollte ihre Perle in meinem Mund und spielte gleichzeitig mit zwei Fingern an dem Eingang ihrer Scheide. Es dauerte nicht lange, bis dass sie durch einen Höhepunkt, in dem sie sich verkrampfte und der ihr den Atem raubte, zart und zerbrechlich wurde.

Wie eine Frau auf einem Ölgemälde eines alten Meisters wirkte meine Freundin auf mich. Ich versuchte diesen Moment einzufangen, mir alles zu merken, denn es schien perfekt. Kaum dass Sabine wieder bei sich war, zog sie mich zu sich heran. Ich lag bei ihr, sie schmiegte ihren Körper an mich, rieb mit der Hand meinen Schritt, bis ich zu stöhnen begann. Dann drang sie mit der Hand in mich ein, suchte sich gezielt den Eingang in meine Grotte und weitete ihn zyklisch mit den Fingern. Sie drang weiter in mich ein, trieb mich in die Wollust. Bald brüllte ich meine Lust heraus und fieberte einem bunten Höhepunkt entgegen. Sabine zog sich aus mir zurück, umspielte meine Perle, mit schnellen Bewegungen stimulierte sie mich gekonnt. Mein Orgasmus schillerte wie ein bunter Regenbogen, der sich im Wasser eines Sees widerspiegelt.

Glücklich kuschelten wir die halbe Nacht, ehe wir uns gemeinsam zu Bett legten. Erst dort kam sie nochmal auf das nächste Treffen mit Maik zu sprechen. Sie fragte, ob ich etwas dagegen hätte, wenn er uns am nächsten

Freitag begleitete. Ich wusste nicht, was dagegen sprach und willigte gerne ein.

In der folgenden Woche musste ich viel Arbeiten. Dafür war ich ausnahmsweise dankbar, denn so musste ich nicht ständig damit rechnen, dass Jan anrief, um die ausstehende Strafe zu vollziehen. Nachdem ich etliche Male zusammengezuckt war, wenn mein Handy geklingelt hatte, vergab ich an Jan einen eigenen Klingelton. So musste ich nicht bei jeder Nachricht und jedem Anruf aufgeregt an mein Handy springen.

Die wenigen Male, die sich Jan in der folgenden Woche bei mir meldete, wollte er nur wissen, wie es mir ging. Oder mir einfach eine gute Nacht wünschen. Meine Spuren verblassten unterdessen allmählich. Nur die von der Edelstahlgerte auf meinem Hintern und drei der Halbkreise auf meinem Oberschenkeln waren noch deutlich sichtbar. Ich beobachtete die Entwicklung genau, hatte meine Freude daran zu sehen, wie sich meine Haut um die Striemen und den Spuren der Peitschen herum bunt färbte. Nach und nach verschwand die Farbe und beinahe hätte ich mich dazu hinreißen lassen, Jan zu schreiben, dass sich meine Haut erholt hatte. Aber ich wollte keine schlafenden Hunde wecken und verkniff es mir, ihn darüber zu informieren.

Nach der arbeitsreichen Woche war ich froh, als ich mich Freitagmittag in mein Wochenende verabschieden konnte. Ich war ganz aufgeregt wegen der Party am Abend und bereitete mich, kaum zu Hause angekommen, darauf vor. Ich badete ausgedehnt, rasierte mich und spielte anschließend ausgiebig mit meiner Mitte. Mich zu befriedigen war nicht meine Absicht. Ich wollte die Vorfreude in den Vordergrund rücken. Ich selbst hatte an diesem Abend kein Date und ich hatte mir auch niemanden von der umfangreichen Gästeliste zum Flirten ausgesucht. Allein die Vorstellung zu beobachten, wie Sabine sich erstmals ihrer neuen Eroberung hingab, reichte aus, um facettenreich davon zu träumen. Es machte mich zwar neidisch, aber gleichzeitig auch scharf.

Während ich mich weiter fertigmachte, schwebte mir das Bild von Sabine, wie sie von diesem Herrn gefesselt und prickelnd umspielt wurde, durch den Kopf. Mein Outfit konnte ich getrost schon zu Hause anziehen. Vor Ort gab es zwar die Möglichkeit sich umzuziehen, aber mich in der vollen Umkleide auszuziehen, das umging ich gerne. Der Lederrock war zwar knapp und das halb durchsichtige Oberteil auch nicht unbedingt straßentauglich, aber mein langer schwarzer Mantel würde das ohnehin verdecken. Gerade hatte ich meinen Spitzenbody angezogen, und war dabei mir halterlose Stümpfe überzuziehen, da klingelte es an der Haustür. Das musste Sabine sein, die überpünktlich war. Ich betätigte den Summer für die Haustür, öffnete meine Wohnungstür und setzte mich direkt wieder, um in den

97

zweiten Strumpf zu schlüpfen. »Hallo Marie, ich bin´s«, hörte ich meine Freundin rufen.

»Ich bin im Schlafzimmer, du bist zu früh!«, antwortete ich.

»Ja, Marie. Ich war schon fertig und wollte nicht mehr allein zu Hause sitzen, außerdem habe ich gute Nachrichten. Maik wird uns fahren, und wenn du magst, dann schlafe ich heute Nacht hier. Dann bist du nach der Party nicht allein und wir können auch etwas trinken.«

Ich schüttelte mit dem Kopf, wusste nicht recht, was ich davon halten sollte.

»Du trinkst doch sonst nicht, wenn du spielst. Musst du dir Mut antrinken? Und warum sollte ich nicht allein sein wollen? Geb doch zu, dass du nach dem Spiel mit deinem Maik lieber kuscheln magst, als alleine im Bett zu liegen«, sagte ich.

»Das ist nicht mein Maik, noch nicht«, raunte Sabine, die rot anlief. Mühsam lachend stellte sie die Flasche ab und fragte: »Soll ich jetzt zwei Gläser holen, oder nicht?«

»Du hast mir zwar meine Fragen nicht beantwortet, aber mach du mal, ich hab dich gerne bei mir.«

Wenig später hatte sie uns beiden eingeschenkt und sah zu, wie ich mich weiter anzog. Dabei sah sie mich mit einer hochgezogenen Augenbraue an und fragte ungläubig: »Du trägst einen Body? Das ist zwar ganz sexy, zusammen mit den Strümpfen, aber unzugänglicher geht es doch gar nicht!«

Ich lachte laut und erwiderte: »Hör mal, wenn ich mich zu einem Spiel hinreißen lassen sollte, stehe ich wenigstens nicht gleich nackt vor einem völlig Fremden. Es ist ja nicht so, als wäre ich mit jemanden verabredet, der Zugänglichkeit erwartet. Außerdem kann man ihn im Schritt öffnen.«

»Gut, alles andere käme gar nicht gut an«, schnaubte Sabine zurück und trat einen Schritt aus dem Türrahmen um sich vor mir zu drehen.

»Und wie findest du mein Outfit?«, fragte sie, nachdem sie wieder zum Stehen gekommen war.

»Schön siehst du aus, gerade zum Anbeißen, ich hoffe der Kerl weiß, was für ein Glück er hat«, antwortete ich. Sabine lächelte schüchtern und setzte sich wieder hin. Wir saßen noch eine Weile im Wohnzimmer zusammen und tranken von dem mitgebrachten Wein. Irgendwann rief Maik an, um zu sagen, dass er fast da wäre. Schnell zog ich mir meine Stiefel an und ging mit Sabine herunter, um auf Maike zu warten. Ich war ziemlich aufgeregt, als wir beide unten an der Straße standen und auf diesen für mich völlig fremden Menschen warteten. Ich fragte Sabine über ihn aus, eine gediegene Vita war es, die sie mir vortrug. Das beruhigte mich etwas und ich beschloss, diesen Abend einfach auf mich zukommen zu lassen.

Maik fuhr in einem schicken Auto vor. Er stieg aus, begrüßte erst Sabine mit einer herzlichen Umarmung, stellte sich dann mir, mit einem Handkuss zur Begrüßung, auch vor. Er musterte uns beide von oben bis unten. Dann trat er erneut an Sabine heran, flüsterte ihr etwas zu, woraufhin sie Ihren Kopf senkte und einen Knicks machte. Ganz Gentleman öffnete er die Tür zur Rückbank und wies meine Freundin im herrischen Tonfall an, einzusteigen. Danach ging er wieder um das Auto herum, öffnete die gegenüberliegende Tür und sprach mich an: »Was ist Marie? Los komm, einsteigen!«

Tatsächlich stand ich wie angewurzelt da, staunte über den Kontrast seiner Handlung und zwischen dem, wie er sprach und uns ansah. Erst als er fragte, ob ich eine extra Einladung bräuchte, kam ich seiner Aufforderung nach und stieg in den Wagen. Auf der Fahrt fragte Maik uns beide aus. Er wollte wissen, wie wir uns kennen gelernt hätten und was uns zusammenhielt. Während Sabine unverblümt antwortete, ihm von unserem Kennenlernen vor etlichen Jahren berichtete, lief ich rot an und äußerte mich nur kleinlaut zu seinen Fragen.

Ich bewunderte meine Freundin, wie offen sie mit ihrer Sexualität umgehen konnte, und wurde nach und nach selbst auch etwas lockerer. Erzählte sogar davon, wie Sabine schmeckte, nachdem beide mich nachdrücklich dazu aufgefordert hatten. Langsam roch es in dem Wagen nach ihr. Genau wie ich erregte sie die Unterhaltung. Der Gedanke an den feuchten Schritt meiner Freundin gefiel mir außerordentlich gut. Ich malte mir erneut aus, wie ich dabei zusah, wie Maik sie dominierte. Konnte mir die beiden gut zusammen vorstellen und freute mich schon darauf, ihren geschundenen und sicher erregten Körper hinterher bei mir im Bett zu haben.

Kaum waren wir bei der Party angekommen, wurden wir überschwänglich von Frank, dem Bekannten von Sabine, den ich als »Aufpasser« bei Jan angegeben hatte, begrüßt. Er stellte uns der Gruppe vor, mit der er zusammenstand und bestellte, nach kurzer Nachfrage, Getränke für uns alle. Er wollte auf diesen Abend anstoßen, bald hatte jeder ein Glas Sekt oder Saft in der Hand und wir prosteten uns zu.

Frank trat auf mich zu und fragte mich, worauf ich mich besonders gefreut hätte. Mir blieb kurz die Luft weg. Sofort hatte ich das Bild von Sabines blanken Hintern, wie er gerade frisch gerötet wurde, im Kopf. Es war mir peinlich und ich wollte es auch in der hellhörig gewordenen Gruppe nicht aussprechen. Ich dachte mir eine oberflächliche Antwort aus, da ergriff Sabine das Wort und platzte mit der Wahrheit heraus:

»Sie freut sich darauf, Maik und mir zuzusehen! Ganz sicher, die ganze Zeit schaut sie mich schon so an.«

Ich fühlte mich ertappt und bloßgestellt. Versuchte ruhig zu bleiben, mir mein Schamgefühl nicht anmerken zu lassen und entgegnete:

101

»Ja, das ist doch auch eine schöne Vorstellung.«

»An der Vorstellung heute Abend ist unsere Sabine aber nicht alleine beteiligt«, sagte Frank lachend und einige aus der Gruppe stimmten mit gehässigem Lachen ein.

Man nahm mir mein Glas ab, packte mich und meine Freundin, brachte uns in einen der hinteren Räume.

Kerzen erleuchteten den Raum in einem unheimlichen Licht. In der Mitte stand ein lederner Bock, an der gegenüberliegenden Wand war ein Andreaskreuz angebracht. Die anderen Wände waren zum Teil mit Peitschen und anderen Schlagwerkzeugen behangen. Auf einer Empore in der Ecke des Raumes stand ein Thron, daneben ein langer Käfig, auf dessen Oberseite sich eine Liegefläche aus Leder befand.

»Zieht eure Kleider aus!«, befahl uns einer der Männer. Ich wusste nicht, wie mir geschah, stand verdutzt da und beobachtete Sabine, die sich ohne zu Zögern ihrer Kleider entledigte. Sie wiederum sah mich fragend an und bestärkte mich dann, es ihr gleich zu tun. Trat, kaum das Sie nackt war, an mich heran, hob mein Oberteil über meinen Kopf und meinte dann zu mir:

»Los, wir sind doch hier um Spaß zu haben. Sei froh und zieh den Rock aus, ich habe keine Lust bestraft zu werden, weil du zögerst.«

»Ist ja gut«, antwortete ich widerwillig und stieg aus meinem Rock. Frank trat gleich darauf auf mich zu, griff mir zwischen die Beine und öffnete gekonnt die Ösen meines Bodys.

»Dann ist ja gut, so können wir mit dir arbeiten«, hauchte er mir direkt ins Gesicht und streichelte dabei über mein Geschlecht. Ich wollte protestieren, konnte es nicht fassen, dass dieser Mann mich einfach so intim berührte. Doch zu schnell war dieser Moment vorbei. Bevor ich reagieren konnte, fand ich mich auf dem Bock wieder, Frank drückte meinen Rücken gegen das kalte Leder. Hielt dabei meinen Blick mit seinem fest. Ich sah nichts anderes mehr, nur seine eindrucksvollen Augen, wollte mich nicht wieder von ihm abwenden. Ich spürte seine Hand, die hinunter zu meinen Schritt fuhr. Wie automatisch öffnete ich meine Schenkel. Es war, als würde er tief in mich eintauchen. Nicht nur mit seinen Fingern, die sich den Weg in mich hinein getastet hatten. Auch die ausgesuchten Worte, die er mir zuhauchte, sein Blick, der mich nicht loslassen wollte, er war in mir und ich gab mich ihm hin.

In mir sprudelte eine Mischung aus Hilflosigkeit, Geilheit und Scham, die mich winseln ließ. Endlich wandte er seinen Blick von mir ab, um eine der herumstehenden Frauen darum zu bitten, seine Tasche zu holen. Ich schluckte, fragte mich kurz, was er wohl mit mir vorhätte, doch lange mochte ich mich nicht darauf konzentrieren. Franks Hand hatte sich den Weg zu meiner Perle gebahnt und so wie er daran zupfte, flog ich bald dem siebten Himmel entgegen. Jauchzend gab ich mich meiner Lust hin, bis die Frau mit der Tasche im Gepäck neben uns auftauchte. Frank zog sich abrupt aus mir zurück, ich seufzte tief. So intensiv, wie meine Geilheit schon spürbar war, wollte ich mich am liebsten auf der Stelle selbst befriedigen. Mich zu bewegen wagte ich allerdings nicht. Wie erstarrt sah ich Frank dabei zu, wie er sich seiner Tasche zuwandte.

Er kramte eine Dose hervor, lächelte mich an und sagte mit erhobener Stimme:

»Mir ist zu Ohren gekommen, dass du auf Ratespiele stehst. Magst du auch mit mir so ein kleines Spiel spielen?«

Ich lief auf der Stelle rot an, wusste nicht, was ich denken sollte. Verblüfft, wie ich war, sausten nur Wortfetzen durch meinen Kopf.

»Sprachlos?«, fragte er und stupste mich an. Ich nickte, konnte nicht entscheiden, ob ich mich auf ein Spiel einlassen sollte, von dem ich nicht wusste, was für ein Spiel es war.

»Was soll das für ein Spiel sein?«, wollte ich wissen.

»Gut, ich erkläre dir die Regeln, halte du die Schachtel«, sagte er. Dann beugte er sich über mich, hob meine Brüste sanft aus dem Stoff und umspielte meine rechte Brustwarze, die sich sofort aufstellte. Er öffnete die Schachtel in meiner Hand und nahm eine der Holzklammern heraus, befestigte sie an meiner harten Brustspitze. Danach umspielte er sanft die Brust, wanderte mit seiner Hand zur nächsten und verfuhr dort ebenso.

Mir tief in die Augen blickend und mit beiden Händen um die Klammern spielend, sprach er weiter:

»Ich werde noch vier weitere Klammern an deinen Schamlippen befestigen. Diese werde ich dann mit einer Peitsche abschlagen und du wirst vorher tippen, wie viele Schläge ich brauche.«

Innerlich verfluchte ich Sabine, wie konnte sie diesem Sadisten nur von meinem Spiel mit Jan erzählen? Mich dadurch der Willkür dieses Mannes aussetzen?

Ich spürte seine Hände zwischen meinen Schenkeln, die Holzklemmen, die sich in mein zartes Fleisch bissen. Es gefiel mir, wie Frank mit mir spielte, das musste ich mir eingestehen. Freiwillig spreizte ich meine Beine, so weit ich nur konnte, was er mit einem Fingerschnippen gegen meine Perle und den Worten »Braves Mädchen« quittierte.

Kaum war die letzte Klammer befestigt, nahm er mir die Schachtel aus der Hand und stellte sie beiseite, sah mich abermals an und erklärte:

»Du nennst mir gleich eine Zahl und ich versuche mit einer einschwänzigen Peitsche, mit so wenigen Versuchen wie möglich fertig zu werden. Um das Ganze ein wenig spannender zu gestalten, wirst du gezüchtigt, wenn du falsch liegst. Ist dein Tipp niedriger als die Anzahl der Peitschenhiebe, die ich brauche, wird deine Brust mit dem Stock geschlagen. Liegt der Tipp höher, bekommen deine

Oberschenkel die Differenz. Liegst du glücklicherweise richtig, so beschere ich dir einen Orgasmus.«

Der Gedanke an einen Höhepunkt ließ meine Schamlippen zucken, auch wenn ich mir keine sonderlich hohen Chancen ausrechnete. Ich verzehrte mich danach, unter den Blicken der lüsternen Zuschauer kommen zu dürfen. Ich wusste nicht, wie präzise er schlug und zögerte mit einer Antwort. Auf meinen Tipp wartend, umspielte er mein Geschlecht, zupfte an den Klammern und räusperte sich schließlich, zog dabei gemein an zwei sich gegenüberliegenden Klemmen. Ich quietschte laut auf.

»Ich überlege noch, wie viele Versuche ihr braucht«, platzte es aus mir heraus.

»Überlege nicht zu lange, ich warte nicht gerne!«, entgegnete er harsch.

»Gut, Sie werden für jede Klammer einen Schlag brauchen«, tippte ich unsicher.

»Schön, dann soll das Spiel beginnen«, verkündete er mit erhobener Stimme und wandte sich kurz von mir ab, um sich das Schlagwerkzeug reichen zu lassen. Bevor er damit auf die Klammern an meinem Körper zielte, ließ er das lange, geflochtene Leder einige Male in der Luft knallen. Es schien, als wollte er ein imaginäres Ziel im Raum treffen, so genau, wie er dem Schwung der Peitsche mit den Augen verfolgte. Immer nervöser werdend lauschte ich dem Zischen und dem anschließenden Knallen des Peitschenendes.

Ich wartete ungeduldig darauf, dass er sich endlich mir zuwendete, hoffte darauf, dass er es wirklich mit nur sechs Schlägen schaffte.

Es kribbelte in meinem ganzen Körper, ich konnte kaum die Zehenspitzen ruhig halten, als er mich endlich wieder ansah. Mit hochgezogener Augenbraue fragte er mich:

»Kannst du stillhalten, oder soll ich dich lieber festhalten lassen?«

Ohne nachzudenken steckte ich die Hände hinter meinen Rücken, reckte ihm meine Brüste entgegen und streckte mein Becken nach oben. Ich sah in seine strahlenden Augen und meinte: »Sie können anfangen.«

Ohne ein weiteres Wort zu verlieren, ließ er die Peitsche auf meine linke Brust schnellen. Das Leder wickelte sich um die Klammer und um meine Brust, schon fiel die erste Klammer zu Boden. Meine Brust brannte, ich hatte Mühe, aufrecht sitzen zu bleiben. Riss mich zusammen und harrte aus, bis der nächste Schlag meine andere Brust traf. Doch ohne die Klammer zu berühren, traf das Leder seitlich auf meine Brust und schlängelte sich über meinen Oberkörper. Ich stöhnte laut auf, mehr vor Enttäuschung als vor Schmerz, versuchte allerdings, mich weiter aufrecht zu halten.

Der nächste Schlag traf die Klammer und riss sie von meiner hart aufgestellten Brustwarze. Ich biss die Zähne zusammen und schüttelte mich, um den brennenden Schmerz, den das in mein Fleisch zurückschießende Blut verursachte, schneller los zu werden. Frank lachte und wandte sich gleich darauf den Klammern zwischen meinen Beinen zu.

Die erste Klammer dort fiel mit dem ersten Schlag und ich genoss den Schmerz, der davon ausging. Die zweite Klammer in meinem Schritt verfehlte er knapp, traf mit dem Schlag genau in meine Mitte. Ich rollte mich vor Schmerz zusammen und brauchte einen Moment, ehe ich meine Beine für den nächsten Versuch öffnen konnte. Zögerlich spreizte ich meine Schenkel, mir standen die Tränen in den Augen und ich hoffte darauf, dass die nächsten Schläge besser träfen. Bis zum nächsten Schlag ließ er sich Zeit. Er zielte lange, ehe er das Leder durch die Luft zischen ließ. Mit diesem Schlag traf er gleich beide Klammern der rechten Seite, die beide davon flogen. Es biss schrecklich, als sie beide fast zeitgleich von meinen Lippen gerissen wurden, ich atmete schwer. Hatte das Spiel schon verloren und musste noch eine Klammer loswerden. Ich schloss die Augen und nach dem siebten Hieb lagen alle Klemmen um mich herum verteilt auf dem Boden.

»Da lagst du ja nur knapp daneben, armes Ding, bekommt keinen Orgasmus. Ich wette, das ist viel schlimmer für dich, als der eine Schlag, der gleich deine Oberschenkel treffen wird«, sagte Frank. Er kommentierte das Ergebnis beinahe mitleidig und liebkoste dabei die Stellen, an denen eben noch die Klammern gesessen hatten. Ich seufzte tief, Frank hatte recht. Der eine Schlag machte mir nichts aus, im Gegenteil, ich hoffte darauf, dass er so schmerzhaft wäre, dass mir meine unbändige Lust verginge.

Die Gewissheit, keinen Höhepunkt zu bekommen, machte mich noch begehrender. Meine Gedanken drehten sich nur darum, wie ich es schaffen konnte, gleich nachdem Frank mit mir fertig war, mich selbst zu befriedigen. Frank tauschte unterdessen die Peitsche gegen einen Stock, trat dann wieder auf mich zu und befahl mir, die Beine zusammenzustellen.

Ich hörte das Zischen des Stocks, der mich quer über beide Schenkel traf. Laut schrie ich vor Schmerz auf, zog die Beine ein und machte mich auf dem Bock so klein, wie ich es nur konnte. Frank legte den Stock beiseite und nahm mich in den Arm. Langsam entspannte ich mich, ließ locker und umarmte ihn ebenfalls. In mir wurde es ruhig und ich nahm seinen Herzschlag wahr, bis er die Umarmung, mit einem Kuss auf meinen Kopf lockerte und mich anlächelte.

»Kann der Abend dann weiter gehen, ja?«, fragte er ganz ruhig. Ich nickte leicht und sah ihn mit glasigen Augen an. Frank wies mich an, mich umzudrehen und es mir bäuchlings auf dem Bock gemütlich zu machen. Grummelnd drehte ich mich um, hatte nicht damit gerechnet, dass er weiter machen wollte. Gerne wäre ich kurz zur Toilette verschwunden, um meiner wiederkehrenden Erregung Erleichterung zu verschaffen, ohne dass es jemand mitbekam. Doch ich gehorchte und ließ

109

mich auf dem angewärmten Leder nieder. Kurz darauf wurden mir Hand und Fußgelenke mit den bereitliegenden Manschetten am Bock fixiert. Frank tätschelte mein Hinterteil und wünschte mir viel Freude beim nun beginnenden Schauspiel.

Die meisten aus der Gruppe hatten es sich mittlerweile am Thron und auf der Liege des Käfigs gemütlich gemacht. Im Augenwinkel sah ich, wie sie voller Vorfreude beobachteten, wie Sabine nun vor mir am Andreaskreuz gefesselt wurde. Maik und Frank kümmerten sich zärtlich um die empfindlichen Stellen ihres Körpers. Schienen genau zu wissen, wo man sie reizen musste, damit sie der Ekstase nahekam. Ein wunderschöner Anblick, wie meine Freundin am Kreuz zuckte. Ich fühlte mit ihr, als man ihr einen erlösenden Orgasmus verwehrte. Sie begann zu betteln und zu jammern, was auch mich zum Stöhnen brachte.

Frank überließ Maik das Feld. Er beeindruckte mich, wie er mit einem dünnen Stock das Geschlecht der vor Lust jauchzenden Frau schlug. Mit einer Hand teilte er ihr zartes Fleisch, um mit dem Stock präzise platziert, ein Hieb neben dem anderen zu setzten. Von rechts nach links traf er so jeden Millimeter ihrer feuchten Mitte. Besonders als sich der Stock der Perle meiner Freundin näherte, zuckte ich bei jedem Treffer gemeinsam mit ihr zusammen. So wie Sabine sich anhörte, war es ein Genuss.

Kaum war das Zischen des Stockes nach dem letzten Schlag verstummt, grub sich die Hand, die ihr Geschlecht offen gehalten hatte, zwischen ihre geschundenen Lippen. Sabine keuchte vor Gier, Maik gab die Erlaubnis zu einem Orgasmus und scheinbar im selben Augenblick platzte die Lust förmlich aus ihr hinaus. Schreiend und zuckend bäumte sie sich in ihren Fesseln auf, um sich nach ihrem Höhepunkt langsam zu entspannen. Ein großartiger Anblick, der auch mich von einem erlösenden Höhepunkt träumen ließ.

Gerne wäre ich an ihrer Stelle gewesen, doch ich war zum Beobachten verdammt, für mich hatte sich in der Zwischenzeit niemand interessiert. Dabei lag ich wie auf einem Präsentierteller für das weitere Publikum, das inzwischen, angelockt durch die Lustschreie, angewachsen war. Ich sehnte mich danach, berührt zu werden, während ich dabei zusah, wie Maik weiter mit Sabine spielte. Kunstvoll führte er eine Fesselung ihres Oberkörpers durch, verzierte mit dem Seil den Körper dieser schönen Frau.

Ich stellte mir vor, wie sich dieses Seil auf der nackten Haut anfühlen musste, stöhnte vor Lust und Sehnsucht laut auf. Es kribbelte in meinem Unterleib und ich spürte, wie meine Spalte sich mehr und mehr mit meinem Saft füllte. Eine Hand griff in meinen Nacken. Ich wagte es nicht aufzusehen, hielt meinen Blick beharrlich auf den Körper meiner Freundin, der mittlerweile kunstvoll eingeschnürt war.

Ich war der Meinung, es wäre Frank und versuchte ruhig zu bleiben. Erst als die Hand von meinem Nacken aus über meinen Rücken, hinunter zwischen meine Beine glitt, wollte ich mich vergewissern, wer da Hand an mich legte.

»Sieh mich nicht an, solange du deine Strafe noch nicht hinter dir hast«, erklang eine mir gut bekannte Stimme. Die Worte trafen mich bis ins Mark. Zitternd und wie in einer Wolke aufgelöst wurde mir schlagartig klar, dass Jan hinter mir stand. Das alles war inszeniert worden, damit ich auf dieser Party meine Strafe entgegen nehmen konnte. Wie aus mir heraus getreten nahm ich sein gehässiges Lachen wahr, nachdem er die Offensichtlichkeit meiner Erregung kundgetan hatte. Ich wusste nicht, wie mir geschah, spürte die Berührungen seiner Hände auf meinem Körper und fühlte mich ausgeliefert.

»Du bist ja gut vorbereitet«, sagte er und zog meinem Body hoch. Er wies mich an, den Oberkörper zu heben, um mir den dünnen Stoff über den Kopf ziehen zu können.

»So kommst du nicht in Versuchung, mich doch anzusehen und wir haben deine nackte Haut zur Zielscheibe«, meinte Jan erfreut.

»Wir? Was heißt wir?«, fragte ich mich im Stillen, wagte es aber nicht, diese Frage laut auszusprechen. Durch den dünnen Stoff hindurch konnte ich die Silhouetten derer, die um mich herum waren, vage erkennen. Doch dort bewegte sich nur Maik um Sabine herum, ganz so, als wäre sonst niemand im Raum. Mit

112

einem Mal spürte ich vier Hände auf meinem Körper. Während sie mich streichelten, fragte ich mich, zu wem das Zweite paar Hände gehörte. Dann hörte ich Frank neben mir stehend sprechen:

»100 Hiebe hat sich deine Sklavin eingehandelt, ja? Das wird ja richtig Arbeit für uns zwei.«

Sollte ich erleichtert sein, weil die beiden meine Strafe gemeinsam ausführen wollten, oder sollte ich Angst vor den Schmerzen haben? Ich wusste es nicht.

Eine gefühlte Ewigkeit später, in der ich von dieser Frage gequält wurde, antwortete Jan: »Genau, einhundert Mal soll sie heute der Stock treffen.«

Nach einer kurzen Pause, in der er über meinen verhüllten Kopf tätschelte, schlug er schließlich vor: »Wenn es dir Recht ist, nehme ich ihren Hintern und du fängst am Rücken an. Aber zuerst hat meine Sklavin um ihre gerechte Strafe zu bitten.«

In meinem Kopf entstand eine beinahe unerträgliche Leere. Es viel mir schwer einen klaren Gedanken zu fassen und am liebsten hätte ich mich in Luft aufgelöst. Jan griff mir in den Nacken und wiederholte sich im harschen Ton: » Bitte uns um deine Strafe, du weißt, du hast sie verdient.«

Ich holte tief Luft und stammelte schließlich: »Ich bitte euch, tilgt meine Strafe.«

Die beiden Männer recht und links von mir lachten bissig und fingen direkt danach mit der

113

Bestrafung an. Beide zählten die Hiebe, die auf meinen nackten Körper trafen, laut mit.

Die ersten zehn Hiebe hatten beide schnell platziert. Abwechselnd traf mich von rechts die Rute von Frank auf meinen Rücken und von links der Stock von Jan auf mein Hinterteil. Zuerst schrie ich bei jedem Schlag laut auf und zuckte in meinen Fesseln, doch bald wurde ich ruhiger, aus den Schreien wurde ein sanftes Stöhnen. Ich konzentrierte mich, so gut es ging, auf den nächsten Treffer und nahm den Schmerz, der von ihm ausging, tief in mich auf. Dabei dachte ich an das Spiel, bei dem ich mir diese Strafe eingehandelt hatte. Auch wenn ich bestraft wurde und sich die Hiebe, vor allem die von Jan, wirklich wie eine Strafe anfühlten, es faszinierte mich. Und es machte mich ungeheuerlich begehrend.

Nachdem jeder mich dreißig Mal getroffen hatte, machten die beiden eine Pause, streichelten mein gerötetes Fleisch. Zeichneten dabei über die frisch entstandenen Striemen.

Frank richtete das Wort an Jan: »Ich denke, der Rücken hat meine Rute oft genug zu spüren bekommen. Gerne würde ich mit meinen letzten Schlägen ihre Fußsohlen bedenken. Was meinst du?«

Jan pflichtete ihm bei: »Das ist eine sehr schöne Idee, meine Sklavin wird dir sicher dankbar sein. Ich schlage vor, dass ich mein Werk beende und du danach wieder einsetzt.«

Gerne hätte ich protestiert! Ihm dankbar sein, das er meine Fußsohlen malträtiert? Nein,

114

sicher nicht! Doch während einer Strafe, sollte ich büßen und nicht gegen die Ausübung wettern. Sicher hätte es meine Situation verschlechtert, hätte ich in diesem Moment meinen Mund aufgemacht. So schluckte ich meinen Protest hinunter und versuchte mich zu entspannen. Während Jan seine letzten zwanzig Hiebe gezielt auf meinem Hintern platzierte, musste ich daran denken, dass dies in Kürze meinen Füßen bevorstand. Der Gedanke brannte sich in meinen Kopf ein, zusammen mit den ziehenden Schmerzen des Stockes brachte es mich zum Winseln.

Kaum hatte Jan mir alle Schläge aufgezählt, beugte er sich über mich, legte seinen Oberkörper auf meinem Rücken ab und flüsterte mir zu: »Ganz ruhig, Kleines. Deine süßen Füße halten das schon aus.«

Ich wollte unterdessen gar nicht daran denken, was da auf mich zukam. Jan so nah bei mir zu spüren, meine brennende Haut am liebsten wäre es mir gewesen, wenn die Strafe bereits abgegolten wäre. Jan sollte mich losmachen, sich mit mir vereinen. Doch Frank trat ungeduldig an uns heran und wollte weiter machen. Jan erhob sich langsam von mir, streichelte nochmals meinen nackten Körper. Frank schnappte sich meinen rechten Fuß, presste meinen Unterschenkel gegen sich, hielt den Knöchel mit einer Hand fest. Schon schnellte die Rute mit einem scharfen Zischen durch die Luft und traf die Fußsohle horizontal. Ich quietschte vor Schmerz laut auf, wollte meinen Fuß wegziehen, doch Frank hielt ihn fest an Ort und Stelle. Gleich darauf platzierte er den zweiten Hieb direkt daneben. Nach drei weiteren Schlägen wechselte er die Richtung, als wollte er ein Schachbrett auf meine Sohlen zeichnen, trafen die folgenden fünf Schlägen diagonal. Danach wechselte er den Fuß und verfuhr ebenso wie auf der anderen Seite. Ich jammerte bei jedem Auftreffen und fühlte mich hilflos wie lange nicht mehr. Ich war so in den Schmerzen gefangen, dass ich gar nicht mitbekam, dass Frank seine Schläge ausgesetzt hatte.

Mir liefen die Tränen die Wangen herunter und mein Körper erschien wie erstarrt. Erst als ich eine Hand zwischen meinen Beinen spürte, wurde mir klar, dass ich es überstanden hatte. Erleichtert bedankte ich mich bei Frank und Jan. Genoss anschließend die Liebkosungen der beiden Männer. Vier Hände glitten über meine Körper und bald befand ich mich im siebten Himmel. Ich jauchzte vor Freude und bat Jan darum, zum Orgasmus kommen zu dürfen, was er mir mit einem Lachen in der Stimme gestattete.

Bald darauf konzentrierte sich mein Sein in meinem Schritt, zog sich zusammen und straffte sich ausschließlich auf den kleinen Punkt in meiner Mitte. Dort pulsierte mein Denken, dehnte sich pochend aus, umspannte meinen Körper und explodierte dann mit mir zusammen. Ich brüllte aus voller Brust, zuckte wild in meinen Fesseln und ließ mich in einen wunderschönen Orgasmus fallen. Die Welt um mich herum existierte für einen kurzen Augenblick nicht mehr, war in dem Prickeln in meinem Schritt gefangen. Und erst als ich spürte, wie meine Fesseln gelöst wurden, nahm ich auch wieder das Glühen meiner Fußsohlen wahr.

Jan zog mir den Body wieder herunter und half mir auf. Er strahlte mich an und ich ließ mich in seine Arme fallen, legte meinen Kopf auf seine Brust und lauschte seinem Herzschlag. Irgendwann fragte er, ob ich etwas trinken wollte, lud auch Frank dazu ein, und ging mit mir in Richtung Bar. Ich blickte zurück, sah wie Maik Sabine, die breit grinste, zum Bock führte. Gerne hätte ich den beiden weiter zugesehen, aber nach dieser intensiven Bestrafung war ich froh, mich setzen zu können. Wir saßen zusammen im Barraum, ich sprach kaum ein Wort. Ich trank gierig mein Wasserglas aus und das Gespräch von Jan und Maik verschwand in einem Nebel aus meinen Gedanken.

Nur langsam kam ich wieder auf dieser Welt an und unterbrach die beiden mit dem Wunsch, nach Sabine sehen zu dürfen. Jan zeigte sich erfreut und Frank stimmte zu.

»Genau. Ich bin mir sicher, deine Freundin erwartet, dass du dich bei ihr bedankst, weil sie bei diesem Spielchen mitgespielt hat! Und ganz bestimmt möchtest du dich noch angemessen bei mir und deinem Herrn bedanken!«, sagte Frank mit verschmitztem Lächeln.

»Das würde ich wirklich gerne tun«, antwortete ich verlegen. Zügig leerten wir die Gläser und bahnten uns den Weg zurück. Die Party war im vollen Gange, es roch nach begehrenden Menschen, nach Leder und Gummi. Die Geräusche von schwingenden Peitschen, gemischt mit den vor Schmerz stöhnenden Frauen, lagen in der Luft. All das bereitete mir eine wohlige Gänsehaut. Mir kam es vor, als hätte jeder im Raum zugesehen, wie man mich abgestraft hatte, und es schien mir, als ob mich alle ansähen.

Ein Teil der Gäste lächelte mir wohlwollend zu, von anderer Seite hörte ich aus dem Getuschel, dass man sich fragte, warum ich die harte Strafe verdient hatte. Mein Grinsen im Gesicht wurde unterdessen immer breiter. Ich war stolz auf mich und einfach begeistert von dem Einfallsreichtum, den Jan an den Tag legte. Auch wenn die Schmerzen wirklich einer Strafe gleichkamen, war diese Inszenierung nach meinem Geschmack und ich war versessen darauf, mich zu bedanken.

Schon bevor wir den Raum betraten, sah ich durch die breite Türöffnung hindurch Sabine. Sie saß mit gespreizten Beinen auf dem Bock, auf dem ich vorhin angebunden war. Beim Näherkommen sah ich, das ihre Arme an der Fesselung ihres Oberkörpers fixiert waren. Ihre Hände lagen so zwangsläufig am Schoß meiner Freundin. Mit sarkastischer Freude bemerkte ich, dass sie ihre Scham nur mit den Fingerspitzen erreichten konnte. Sie versuchte sich Befriedigung zu verschaffen, indem sie an ihren äußeren Schamlippen spielte. Als sie ihre Augen öffnete, sah sie mich mit hilflosem Gesichtsausdruck an. Ich lächelte, konnte den Blick nicht von ihr abwenden, wurde angezogen durch diese erotische Ausstrahlung. Ihr feuchtglänzender Schritt, der sich unter dem Zupfen der Fingerspitzen immer wieder leicht öffnete und das rosige Innere zeigte, war sinnlich.

Jan trat näher an mich heran, griff mir in den Nacken und schlug mit erhobener Stimme vor: »Wie wäre es, wenn du ihren Herrn bittest, zwischen ihre Beine zu dürfen?« Ich zögerte, sah mich im Raum um, Sabine sah mich mit verschwommenen Augen bittend an. Dieser Blick gefiel mir, ich selbst liebte solche Situationen, in der meine Befriedigung von der Willkür anderer abhängig war und fühlte mit meiner hilflosen Freundin. Weil ich wusste, dass sie dieses Gefühl hasste, hatte ich meine Freude daran, sie so ausgeliefert zu sehen. Ich kostete diesen Anblick aus, genoss das unbefriedigte Verlangen der festgebundenen Frau.

Jan stupste mich ungeduldig an, sodass ich einen Schritt nach vorn stolperte. Maik schaute mich fragend an, bis ich endlich darum bat, seine Sklavin oral beglücken zu dürfen. Er erlaubte es mir ohne Zögern, wünschte mir viel Spaß zwischen ihren Beinen. Ich bedankte mich mit einem kleinen Knicks und ließ mich vor dem Bock nieder.

Sofort zog meine Freundin ihre Schamlippen weit auseinander und ihre glänzende Mitte lag direkt vor mir. Genüsslich strich ich zuerst nur mit der Zungenspitze über die empfindsame Haut, kreiste um ihre Perle. Ich hörte ihr Stöhnen, was auch mich noch begehrender machte. Wollüstig grub ich mich mit meiner Zunge in sie hinein, konzentrierte mich auf das Spiel meiner Zunge und den Rhythmus, den mir ihr langsam schwingendes Becken vorgab.

Ich saugte an ihrer Perle, umspielte ihren Scheideneingang mit meiner Zunge. Sabine jammerte, verdrehte die Augen und ich konnte das Kribbeln ihres kommenden Höhepunktes auf meiner Zunge spüren, da packte mich Jan an der Schulter.

»Haben die Herren keine Vorrechte mehr? Kümmere dich erst um uns, bevor sie ihre Freude an dir haben darf!«, sagte er und zog mich von ihr weg. Ich hörte meine Freundin vor Geilheit jammern, gerne hätte ich weiter gemacht und sie in einen Orgasmus getrieben. Aber der Gedanke, wie sie erst zusehen musste, wie ich die Herrschaften befriedigte, bevor sie selbst erlöst wurde, machte mich gewaltig an.

Jan nickte Frank zu, dem die Erregung im Gesicht abzulesen war. Ohne Zeit zu verlieren, trat dieser auf mich zu und ließ seine Hose herunter. Ich nahm sein aufgestelltes Glied in meinen Mund auf und begann ihn zu liebkosen, dabei schielte ich zu Sabine herüber, die begehrend zusehen musste. Ich stellte mir vor, an ihrer Stelle zu sein, gab mir alle Mühe, dass meine Lieblingszuschauerin auch etwas von meinem Tun hatte.

Genüsslich fuhr ich mit meiner Zunge über den Schaft, umspielte die Eichel und nahm den Penis langsam in mich auf. Saugte und sog an dem immer größer werdenden Penis in meinem Mund, der sich kurz darauf in mich ergoss. Sabine sah mit gläsernen Augen zu, versuchte mit ihren Fingern ihren Kitzler zu erreichen, doch ohne Erfolg.

Frank zog sich zurück und streichelte mir über die Wange, bedankte sich und setzte sich anschließend durch den Orgasmus benommen auf einen Stuhl.

»Bevor du mich gleich auch befriedigst, möchte ich sehen, wie dieses geile Stück da auf dem Bock vor Geilheit bebt. Sie soll darum winseln, dass du weiter machst, bevor ich dich von ihr wegziehe«, sagte Jan und schob mich in Richtung des Bocks. Kurz darauf machte ich da weiter, wo ich aufgehört hatte. Nahm ihre Perle sanft zwischen meine Lippen, spielte mit der Zungenspitze daran und saugte liebevoll an ihr. Sabine versuchte wacker, ihre steigende Erregung nicht zu zeigen, verkrampfte sich unter meiner Stimulation. Irgendwann konnte sie ihr Verlangen nicht mehr zurückhalten, sie entspannte, ließ sich fallen und stöhnte ihre Lust laut in den Raum. Wieder jammerte sie, erneut verdrehte sie die Augen und auch in meinem Schritt brannte die Gier gnadenlos. Jan packte mich, zog mich zu sich heran und

Sabine schrie laut auf. Tränen standen in ihren Augen und sie bettelte darum, doch von ihrer Lust erlöst zu werden. Die Demütigung über den verweigerten Orgasmus war ihr ins Gesicht geschrieben. Ihre Augen füllten sich mit weiteren Tränen, die in kleinen Bächen über ihre süßen Wangen herab rannen.

Voller Genugtuung ließ Jan seine Hose hinunter, um sich von mir Verwöhnen zu lassen. Ich hatte Mitleid mit Sabine und wollte mein Tun an Jan schnell beenden, um sie danach erlösen zu können. Gekonnt ließ ich sein hartes Glied tief in meinen Rachen gleiten, nahm ihn so gänzlich in mich auf. Das regte ihn dazu an, in meine Haare zu greifen. Er hielt meinen Kopf in dieser Position und bewegte sein Becken schnell vor und zurück. Seine Eichel drückte sich dabei immer tiefer in meinen Rachen, ich würgte und schnappte nach Luft, was ihn nur noch mehr erregte. Er zog sich ein Stück zurück, lockerte den Griff, und bevor ich reagieren konnte, sammelte sich sein Saft in meinem Mund.

Jan sackte zusammen, stützte sich auf meine Schultern und brauchte einen Moment, ehe er sich anziehen konnte. Noch während er seine Hose hochzog, wendete ich mich wieder Sabine zu, die ihren Schritt abermals für mich öffnete. Es dauerte nicht lange, bis dass sie unter den Liebkosungen meiner Zunge zu zucken begann. Freudig arbeitete ich weiter, sehnte zusammen mit ihr den Höhepunkt herbei, reizte sie immer weiter. Sie explodierte, mit lautem Seufzen, doch ich ließ nicht von ihr ab. Mit beiden Händen hielt ich ihr Becken fest, die vor Lust zuckende Frau konnte ihr Geschlecht nicht wegziehen, konnte meiner Zunge nicht entgehen.

Sie heulte, bat mich darum, doch aufzuhören. Ich biss in ihre Perle, zog ihren Stachel aus der Muschel heraus und stellte mir vor, wie ihr überreizter Kitzler sich anfühlte. Sie schrie unterdessen wie gepfählt und ich ließ ihre Klitoris zurück in ihre Muschel schnellen. Maik trat zu Sabine heran und löste ihre Hände von ihrem Oberkörper und half ihr aufzustehen. Sabine war fertig, stand wackelig auf ihren Beinen und hielt eine Hand schützend über ihren Schritt.

Jan half mir auf und ich ließ mich erleichtert in seine Arme fallen. Gemeinsam gingen wir zur Bar, setzen uns auf eines der halbrunden Sofas. Wir bestellten eine gute Flasche Wein, entspannt und zufrieden freute ich mich darüber, dass sich die Vier im Sinne der Lust gegen mich verbündet hatten. Maik und Sabine verschwanden zwischendurch nochmal eine Zeitlang, ich bedankte mich nochmals bei Frank und Jan. Es war ein wirklich schöner Abend, den ich später, nachdem Maik uns in den frühen Morgenstunden nach Hause gefahren hatte, mit Sabine kuschelnd ausklingen ließ. Wir beide waren wortkarg. Ich wollte zwar fragen, was die beiden noch getrieben hatten. Doch ich selbst wollte nicht über den Abend sprechen, so bohrte ich auch nicht bei ihr nach. Auch nicht, als ich die Spuren auf ihrem Rücken entdeckte, kurz bevor sie sich nackt unter die Bettdecke kuschelte.

...

Der Lust verfallen

4

Gefangenschaft

Marie L.

Diese Party wollte mir nicht aus dem Kopf gehen, immer wieder träumte ich nachts davon. Oft wachte ich voller Erregung, mit den Bildern aus dieser Nacht im Kopf, auf. Ich musste mich zurückhalten, Jan sollte auf keinen Fall das Gefühl bekommen, dass ich mehr von ihm wollte. So zog ich mich zurück und antwortete immer nur knapp auf seine Anschreiben. Egal, wie schön das Spiel mit ihm war, und auch, wenn er sich in den letzten Jahren weiter entwickelt hatte, an eine gemeinsame Zukunft war für mich nicht zu denken.

Irgendwann, nachdem ich einige Tage keine Nachrichten von ihm erhalten hatte, fragte Jan mich, was ich treiben würde. Ich schrieb, dass ich viel arbeitete und meine Freizeit mit Freunden verbrachte. Auf seine Rückfrage, ob ich denn auch spielen würde, antwortete ich knapp: »Nein, ich bin auch so ganz gut ausgelastet.«

Danach gab er tatsächlich Ruhe, in den nächsten Wochen hörte ich nichts von ihm.

Auch mit anderen geneigten Männern unterhielt ich mich nur oberflächlich. Es reizte mich keiner wirklich und ich war auch zufrieden damit, keinem Mann hinterher laufen zu müssen. Es reichte mir völlig, wenn ich ab und an selbst Hand an mich legte, um mich zu befriedigen. Meist war das recht unspektakulär und schnell erledigt.

Eines Morgens wachte ich schweißgebadet und mit feuchtem Schritt auf. In meinem

Traum war ich wieder an dem Bock festgebunden und Frank hatte meinen Schritt mit einer Rute geschlagen. Diesen Gedanken hielt ich fest, spann ihn weiter und befriedigte mich gleich mehrfach. Den ganzen Tag über kamen mir die Bilder aus diesem Traum in den Sinn. Ich konnte mich kaum konzentrieren, war froh, dass ich von zu Hause aus arbeitete und auch nichts wirklich Dringliches auf dem Tisch lag. Ich hatte noch ein paar Kleinigkeiten abzuarbeiten, bevor ich mich in den Urlaub verabschieden konnte. Gegen Mittag loggte ich mich aus dem Server der Firma aus. Ich wusste, den Rest würde ich locker am nächsten Tag im Büro schaffen.

Gleich darauf loggte ich mich im Chat ein, um dort meine Nachrichten zu beantworten. Zu meiner Verwunderung war auch eine Nachricht von Frank in meinem Posteingang, die er mir am Tag zuvor gesandt hatte. Darin stand, dass er von mir geträumt hatte. Anschaulich beschrieb er, was er im Traum mit mir anstellte. Beim Lesen wurde mir schwummrig, mein Schritt kribbelte unerhört und mit einem Mal verspürte ich ein übermächtiges Verlangen danach, dass man mich ankettete und bespielte. Ich wollte mir das nicht anmerken lassen. Bevor ich antwortete, tigerte ich durch meine Wohnung auf und ab und ab und auf. Ich wusste nicht, was ich davon halten sollte. Unsicher setzte ich mich schließlich wieder an den Rechner und antwortete. Schrieb, dass auch ich von ihm träumte. Und dass es mir gefallen hatte, wie er mit mir umgegangen war und dass das, was er von mir geträumt hatte, mich sehr reizten würde. Weiter schrieb ich, dass ich mich jetzt aber erst einmal auf meinen Urlaub freute. Eine Antwort folgte zügig, er zeigte sich darin erfreut darüber, dass ich noch an ihn dachte und fragte, was ich in meinem Urlaub vorhätte.

Darauf schrieb ich, dass ich noch keine konkreten Pläne hätte, ich wollte mich einfach erholen. Vielleicht meinen Koffer packen und am Flughafen sehen, ob es günstige Angebote für LastMinuteReisende gab. Damit hatte ich schon gute Erfahrungen gemacht. Irgendein Club, weit im Süden, hatte immer noch freie Plätze.

Über seinen Kommentar dazu musste ich schmunzeln. Er schrieb, dass er mir so viel Mut gar nicht zugetraut hätte. Noch bevor ich dazu etwas sagen konnte, kam eine weitere Nachricht von ihm. Er fragte, ob ich denn auch genug Mut hätte, mich, bevor es gen Süden ging, mit ihm zu treffen. Ich musste laut lachen, antwortete, dass es dabei weniger um Mut, als um Lust ginge.

Daraufhin klingelte mein Telefon, Frank rief mich an. Er erklärte, dass er die Nummer von Sabine hätte und mich gerne zu sich einladen wollte. Er sprach von der Leidenschaft, die während unseres kleinen Spiels auf der Party in der Luft lag, und dass er sich danach sehnte, diese zu vertiefen. Sofort hatte ich Feuer gefangen und dachte nicht lange darüber nach.

Ich stimmte einem Besuch bei ihm zu.

Nach dem Telefonat saß ich noch eine Weile regungslos. Bilder von Frank und mir schwebten durch meinen Kopf. Die Vorstellung, mich diesem Mann hinzugeben, machte mich an. Es kribbelte bis in die Zehenspitzen und ich wünschte mir, es wäre schon Freitag. Bald glitten meine Hände zwischen meine Beine. Schon als ich Franks Stimme am Telefon hörte, war ich spürbar nass geworden. Jetzt träumte ich davon, wie er mich ankettete und benutzte, schnell kam ich dem Höhepunkt nahe, jauchzte vor Freude und explodierte in einem Freudenschrei.

Die Zeit bis zum Freitag zog sich, die beiden Nächte fand ich nur schwer in den Schlaf. So kam es, dass ich den halben Tag verschlief. Mittags wachte ich dann erschrocken auf, es war kaum mehr Zeit, mich fertigzumachen. Nichts war vorbereitet, voller Aufregung wusste ich nicht, wo ich anfangen sollte. Es war schon kurz vor 15:00 Uhr, ehe ich, fertig angezogen, doch noch dazu kam, eine Kleinigkeit zu essen. Das Geschirr war noch nicht weggeräumt, da klingelte es an der Türe. Ich betätigte den Summer, rief ins Treppenhaus, das ich sofort herunterkäme.

Frank stand an seinem Auto angelehnt, als ich hinauskam. Er lächelte mich an, trat auf mich zu. Ich machte einen Knicks und begrüßte ihn verlegen. Er umarmte mich und zeigte sich erfreut über mein Outfit, öffnete mir anschließend die Beifahrertür und setzte sich hinter das Steuer.

Auf der Fahrt zu ihm erklärte er mir, worauf ich zu achten hatte. Es war nichts Außergewöhnliches, was er von mir verlangte. Ich sollte ihm respektvoll gegenübertreten und Gehorsam zeigen, das Spiel könnte ich jederzeit beenden, indem ich ihn bei seinem Namen nannte. Alles andere, so meinte er, würde sich aus dem Spiel ergeben.

Kaum waren wir bei ihm angekommen und die Tür hinter mir ins Schloss gefallen, drückte er mich gegen die Wand. Seine Hand wanderte ohne Umwege direkt in meinen Schritt. Ich ließ mich in diesen Moment fallen, spreizte meine Schenkel und nahm seine Berührungen begierig auf. Stöhnte bald vor Wollust und sah mich schon in den kommenden Orgasmus versinken, als er mit einem kräftigen Hieb auf meine Mitte sein Tun beendete.

»Nicht so schnell meine Süße«, sagte er gehässig und schnappte mich am Arm, um mich hinter sich herzuziehen. Zügig ging es quer durch sein Haus, in einem karg eingerichteten Raum stoppte er, forderte mich auf, die Tür zu schließen. Der Raum hatte keine Fenster, nur die Tür zur Küche und ein großes Holztor. Ich nahm an, dass es dort zum Garten ging.

Ich konnte mich kurz umsehen, er gab mir die Zeit anzukommen. Auch wenn er mich dabei nicht aus den Augen ließ, unwohl war mir nicht. Im Gegenteil, sofort fühlte ich mich gut, es gefiel mir, so gemustert zu werden. Bis auf einen Stuhl und einem Schränkchen an der Wand befand sich nichts weiter in dem Raum, der nur schwach beleuchtet war. Faszinierend waren seine Augen, die in dem gedämmten Licht funkelten. Ich stand nervös mitten im Raum, sah mich um, wusste nicht, was ich tun oder sagen sollte. Wartete ungeduldig auf Anweisungen.

Frank ging wortlos einige Male um mich herum, was mich noch nervöser machte. Ich fragte mich, was er vorhatte und wurde mit jeder Runde, die er drehte, etwas kleiner. Irgendwann stoppte er hinter mir, trat dicht an mich heran. Ich spürte seine Wärme, seinen Atem in meinem Nacken und bekam eine Gänsehaut. Am liebsten hätte ich mich zu ihm herumgedreht, hätte ihn in den Arm genommen, oder wäre vor ihm zu Boden gesunken. Doch bevor ich selbst aktiv wurde, griff er von hinten um mich herum. Er nahm meine Brüste in seine Hände, spielte gekonnt an meinen Brustwarzen und flüsterte mir ins Ohr. Er fragte, ob ich mir sicher wäre, mich ihm Hingeben zu wollen. Ob ich ihm wirklich die Gewalt über mich übertragen und darauf vertrauen wollte, dass er mich unbeschadet wieder gehen lassen würde.

Ich bekam weiche Knie, fühlte mich, als löste ich mich unter ihm auf, konnte nicht anders, als seine Fragen mit einem einfachen »Ja« zu beantworten. Es war, als müsse es so sein, sein Körper, der sich an meinen schmiegte, seine Finger, die meine Brustwarzen leidenschaftlich eindrehten. Das und seine Worte ich musste nicht zweifeln, nicht darüber nachdenken, ob es richtig war, mich diesem Mann hinzugeben. Ich wollte mich ihm ganz und gar ausliefern. Nichts verlangen und für alles dankbar sein, was er mir zukommen ließe. Ich fühlte mich ihm vertraut, als kannten wir uns schon jahrelang, wusste, mich erwartete hier keinerlei Unheil. Wohlig stöhnend bekräftigte ich meine Zusage nochmals, bat darum mich Unterwerfen zu dürfen. Mir war, als könnte ich hören, wie er bis über beide Ohren grinste, als er meine Bitte hörte.

Seine Hände glitten über meinen Körper, mein Verlangen danach, seine Finger in meiner Mitte zu spüren wurde so groß, dass ich zu stöhnen begann. Auch sein Atem ging spürbar schneller, ich spürte, wie sich sein Glied aufstellte und er es an mir zu reiben begann. Ich griff mit einer Hand zaghaft nach hinten, nur sachte berührte ich seine Seite mit meiner Hand. Kurz darauf schnappte er mein Handgelenk und fragte schroff, ob er mir erlaubt hätte, ihn zu berühren. Betonte, wie wichtig es ihm sei, dass ich nur das tue, was er von mir forderte. Machte mir klar, dass er kein eigenmächtiges Handeln dulden würde.

Ich sackte in mich zusammen, schaffte nicht mehr, als zu nicken und meinen Blick reumütig zu senken. Frank erklärte mir, dass ich erst beweisen müsse, dass ich seine Mühe auch wert wäre. In mir schien sich ein schwerer Eisblock zu bilden, der mir den Atem raubte. Ich wollte ihn und war mir sicher, alles mit Freude und Hingabe zu bewältigen, was er mir auftrug. Ohne jeden Zweifel war ich bereit, dem zu folgen, was er von mir verlangte. Er lockerte seinen Griff, ich schnappte nach Luft, spürte jeden Winkel meines Körpers, der danach lechzte, beherrscht zu werden. So fragte ich, wie ich ihm meine Bereitschaft beweisen konnte.

Er befahl mir, mich zu entkleiden und die Sachen auf den Stuhl zu legen. Bereitwillig tat ich, was er verlangte. Ja, ich wollte ihm unbedingt gefallen, so zog ich lasziv mein Oberteil aus. Stand anschließend barbusig da, spielte kurz an meinen Brustwarzen, bevor ich meinen Rock ebenfalls abstreifte. Meine Kleidung legte ich wie angewiesen auf dem Stuhl. Auch meine Stiefel streifte ich ab und ließ sie ordentlich nebeneinander unter den Stuhl gleiten. Vollkommen nackt drehte ich mich nach meinem Sir um. Präsentierte mich ihm, ohne dass er mich dazu auffordern musste, wie es sich für eine gute Sub gehörte. Mit hinter dem Rücken zusammengelegten Armen, mit gestrecktem Oberkörper und gespreizten Beinen stellte ich mich vor ihm zur Schau. Frank trat auf mich zu, griff mich mit beiden Händen ab, kontrollierte, ob ich angemessen rasiert war. Zog dabei zärtlich meine Schamlippen auseinander. Ich genoss seine Berührung, behutsam tastete er sich durch meine Grotte. Ich riss mich zusammen, wollte ihm nicht zeigen, wie sehr mich diese Situation anmachte. Er schien zufrieden, als er dann, mit einigen sanften Schlägen auf meine Mitte, wieder von mir abließ. Er stellte sich zwei Schritte von mir entfernt hin, verschränkte die Arme vor seinem Körper und erklärte, dass er nun sehen wolle, ob er auch ohne Publikum Spaß mit mir haben könnte.

Er redete über mich, wie ich es bisher noch nicht gehört hatte. Bald fühlte ich mich, als wäre ich ein Spielzeug, das er testen wollte. Er fragte sich selbst, warum er daran zweifelte, dass wir Freude aneinander hätten. Es beschämte mich zu hören, dass er an meiner Eignung zweifelte, so schloss ich meine Augen und wollte am liebsten in mir selbst versinken. Doch kaum, dass meine Lieder geschlossen waren, wurde ich aufgefordert, diese wieder zu öffnen. Ich tat es und er sah direkt in meine Augen. Nur seine Augen sah ich, nicht den Stock in seiner Hand, der bald darauf an meine Mitte tippte. Er wies mich an, meine Scham mit meinen Händen für ihn und den Stock zu öffnen und verlangte, dass ich mich nicht bewegen sollte, während er mich schlug. Ich konnte nicht denken, in mir brodelte es, aber ich hielt meinen Blick beharrlich an den seinen. Auch als dieser Stock mich dann unsanft zwischen meinen Beinen traf, wandte ich ihn nicht ab. Ein weiteres Mal schnellte der Stock auf mein empfindsames Fleisch, sodass mir die

Luft kurz wegblieb. Doch ich blieb standhaft, bewegte mich keinen Zentimeter. Wieder und wieder traf das Holz rechts und links meiner Perle mein zartes Fleisch, dann trafen zwei Hiebe unmittelbar hintereinander direkt meinen geschwollenen Stachel. Ich quiekste, beugte mich ein kleines Stück vor. Brauchte einen Moment, ehe ich mich wieder gerade aufstellen und seinen Blick erneut suchen konnte. In mir kam Panik auf, ich hatte mich bewegt. Sah mich schon, vor Franks Haus auf der Straße sitzen, weil er mich einfach vor die Türe gesetzt hatte. Doch er sah mich lächelnd an, fuhr mit dem Stock zärtlich zwischen meine Beine. Rieb ihn an meiner Perle, bis die Panik in mir verflogen war und ich leise zu stöhnen begann.

Er lachte und legte den Stock beiseite, betonte, dass so ein klein wenig Schwäche sein müsse, damit es ihm Spaß machte. Verlegen grinsend wandte ich den Blick Richtung Boden. Seine Worte erleichterten mich, denn jetzt wünschte ich mir nichts sehnlicher, als bei ihm bleiben zu dürfen. Wieder forderte er mich dazu auf ihn anzusehen, packte dabei mein Kinn, hob es sanft an. In seinen Augen funkelte es noch mehr als zuvor und ich wusste, dass er schon entschieden hatte. Wusste, dass er mich in seinem Haus behalten wollte. Mein Grinsen wurde noch breiter, es kribbelte in meinem ganzen Körper, ich war bereit für ihn zu leiden und darin aufzugehen. Ich würde ihm die Hingabe zeigen, die er verdient hatte. Er ließ mein Kinn los, streichelte meine Brust und forderte mich dazu auf, mich hinzuknien. Kaum kniete ich auf den kalten Steinboden, erklärte er mir, er müsse sicher sein, dass ich ihm gehorche, auch wenn er mich alleine ließe. Sah mich dabei eindringlich an und in mir stieg der sehnliche Wunsch auf, ihm zu dienen und ihm zu gehorchen. Er trat kurz von mir weg, kam dann zu mir herunter. Forderte mich auf, mein Geschlecht für ihn zu öffnen. Ich nickte nur und tat, was er von mir verlangte. Mit geöffneter Scham konnte ich ihm nicht mehr in die Augen sehen, senkte meinen Blick und wartete angespannt auf das, was er vorhatte.

Ich begann zu zittern, als ich sah, dass er einen Spatel mit einer Paste darauf hinter seinem Rücken hervor holte. Mir stockte der Atem, am liebsten hätte ich meine Hände nun dazu genutzt, meine Mitte zu bedecken. Zu Recht, denn kurz darauf schmierte er meine Mitte mit der nach Menthol riechenden Creme ein. Sofort begann es furchtbar zu brennen, so sehr, dass es mir die Tränen in die Augen trieb. Verschwommen sah ich ihn an, wollte fragen, warum er mich so gemein quälte. Doch ich hielt mich zurück, versuchte ruhig zu atmen. Durch das Brennen war mein Denken bald komplett auf meine Mitte beschränkt. Erst als ich sah, dass sich die Tür öffnete, blickte ich wieder auf, sah diesem Fiesling nach, wie er in der Küche verschwand. So wollte er mich alleine lassen? Wieder standen mir Tränen in den Augen, ich wusste nicht, wie ich mich verhalten sollte.

Wie versteinert kniete ich dort, wagte es nicht mich zu rühren. Meine Gedanken drehten sich wie in einem Karussell in meinem Kopf herum. Erleichtert ließ ich den Kopf sinken, als ich sah, wie sich die Tür langsam wieder öffnete. Frank reichte mir eine Decke und stellte einen Napf mit Wasser unweit von mir ab. Er lobte mich dafür, dass ich noch kniete, wie er mich zurückgelassen hatte. Sagte, dass er noch zu arbeiten hätte, und erlaubte mir, mich auf dem Boden frei zu bewegen. Ermahnte mich aber nachdrücklich, bloß von meiner Grotte fern zu bleiben und ruhig dort zu warten, während ich alleine sein würde. Danach drehte er sich herum und verschwand wieder.

Mein Schritt brannte nicht mehr so unerbittlich, vielmehr genoss ich dieses unerhörte Kribbeln. Zu gerne hätte ich Hand an mich gelegt, doch der Geruch der Creme an meinem Fingern hätte mich verraten. So kuschelte ich mich in die Decke, trank etwas Wasser aus dem Napf und wartete ungeduldig darauf, dass die Türe wieder aufging. Träumte davon, was er alles mit mir anstellen wollte. Immer intensiver pochte es in meiner Mitte, die Sehnsucht wurde übermächtig. Während Bilder, wie ich gefesselt und ausgepeitscht wurde, durch meinen Kopf schwirrten, erwischte ich mich dabei, mich zu streicheln. Ich spielte mit meinen Brustwarzen und kraulte mich um meinen Schritt herum. Es fiel mir unendlich schwer, meiner Lust kein Ende zu bereiten. Ich knurrte laut auf und rollte mich, eingeschnappt wie ein Taschenmesser, in meine Decke zusammen.

Die Zeit, bis dass Frank wiederkam, verbrachte ich schmollend am Boden liegend. Frustriert fragte ich mich, warum er mich überhaupt zu sich geholt hatte, wenn er arbeiten musste. Ich wurde traurig, denn ich hatte anderes im Sinn, als bloß meinen Gehorsam zu beweisen. Irgendwann begann ich damit, mich selbst dafür zu verfluchen, dass ich diesem Mann gehorchen wollte. War kurz davor, mein Versprechen, mich nicht anzurühren, zu brechen und mich einfach zu befriedigen. Mittlerweile war es draußen sicher schon dunkel, was wollte er bitte noch mit mir anstellen? Diese Frage schwirrte mir durch den Kopf. Endgültig beleidigt setzte ich mich auf. Vor meinem geistigen Auge sah ich Frank schon durch die Tür kommen, mit der Anweisung mich anzuziehen, damit er mich wieder nach Hause bringen könnte.

Tatsächlich öffnete sich alsbald die Türe, das einfallende Licht aus der Küche blendete mich kurz, ich kniff die Augen zusammen. Noch bevor ich diese wieder öffnen konnte, stand Frank schon hinter mir, forderte mich auf, aufzustehen und meine Hände auszustrecken. Kaum hatte ich das getan, roch er an meinen Fingern, küsste danach jeden Einzelnen und bedankte sich für meine Geduld. Ich machte einen zaghaften Knicks, wusste nicht, was ich dazu sagen sollte. Eben noch, wollte ich ihn beschimpfen dafür, dass er mich so lang alleine ließ. Doch mit einem Mal stieg erneut der sehnliche Wunsch, meinem Sir zu dienen, in mir auf. Demütig senkte ich meinen Kopf, hoffte darauf, eine Belohnung für meinen Gehorsam zu erhalten. Mein Herz hüpfte, als er das große Tor aufmachte und er zu mir sagte, dass ich mir den Eintritt verdient hätte. Kurz fragte ich mich, was er damit meinte. Ich dachte, durch das Tor gelangte man in den Garten, doch dahinter befand sich ein weiterer großer Raum.

Er erzählte mir, dass er eigens für mich seine Werkstatt umgeräumt hatte und fragte, ob es mir gefiele. Ich grinste bis über beide Ohren, als ich den Raum betrat und mich umsehen konnte. Neben ein paar Ketten, die von der Decke hingen, sah ich einen massiven Stuhl, bei dem die Sitzfläche zum größten Teil ausgespart war. Des Weiteren stand dort noch ein mit dunklem Stoff überzogener Bock und in der Ecke, neben der großen Werkbank, befand sich eine alte Badewanne. Diese erregte meine Aufmerksamkeit besonders, sogar ein Wasseranschluss war vorhanden.

Frank lachte, als er bemerkte, dass mein Augenmerk nicht den bereitgestellten Spielmöbeln galt, sondern dieser alten Wanne. Er erklärte mir, dass dieses Stück ein Überbleibsel des Malerbetriebes sei, der früher einmal in dem Haus ansässig war. Dann fragte er, ob ich mich weiter über die Geschichte des Hauses unterhalten wollte. Ich schüttelte mit dem Kopf und schon wurde ich von ihm gepackt. Blitzschnell hatte er meine Arme hinter meinem Rücken gezogen und umfasste mich grob mit einem Arm. Drängte mich so in Richtung des Bockes. Sein Griff ließ mich weich werden. Wie eine Puppe ließ ich mich von ihm mitnehmen. Vor dem Bock blieb er stehen. Streichelte mit der Hand über meinen nackten Körper. Bald teilte er mit den Fingerspitzen meine Schamlippen und drang dann langsam mit der Hand in meine Vulva ein. Umfasste meinen Kitzler mit zwei Fingern und machte mich so umgehend zu einem begehrenden Stück Fleisch. Er stimulierte mich so lange, bis dass mir die Knie weich wurden und ich zu stöhnen begann. Ich genoss seine Berührung und wollte nichts anderes mehr, als in meiner Lust versinken. Doch mit meinem ersten wollüstigen Stöhnen schnippte er mir unsanft auf meine Perle und ließ mich los. Befahl mir, mich auf bäuchlings über den Bock zu legen.

Gekonnt fixierte er mich mit Seilen so an dem Gestell, dass ich mich kaum rühren konnte. In dieser Position hatte er freie Sicht auf meine Mitte, die vor Erregung mit meinem Saft überzogen war. Das ging alles so schnell, dass ich nicht reagieren konnte. Kaum hatte ich meine prekäre Situation verstanden, spürte ich bereits einen Rohrstock zwischen meinen Schamlippen. Das Stück Holz tat mir gut, streifte an meinem Kitzler entlang und ich wartete sehnsüchtig darauf, den Stock auf meinem Hintern zu spüren. Lechzte nach dem

Schmerz, den er mir bereiten würde, hielt es kaum mehr aus und flehte schließlich darum, dass er mich züchtigte.

Wohlwollend nahm er meine Bitte zur Kenntnis, streichelte über meinen blanken Hintern. In mir kribbelte es gewaltig. Meine Lust und die Gier nach Schmerz nahmen mich komplett ein. Der erste Hieb brannte intensiv in meinem Fleisch, befreit stöhnte ich meinen Schmerz in den Raum. Er ließ er den Rohrstock auf meinem Hintern tanzen, der Stock traf mich mit jedem Schlag ein wenig härter. Das trieb mich mehr und mehr in ein Gefühl der Schwerelosigkeit. Es war, als schwebte ich, als würden mich die Schläge aus meinem Körper herausholen und mich zu einem Bündel purer Lust machen. Mit dem Wunsch nach mehr Schlägen kam in mir ein eigenartiges Schamgefühl auf. Ich schrie vor Schmerzen, mein Hintern brannte mittlerweile großflächig und ich wollte mehr davon. Als mir bewusst wurde, wie unersättlich ich war, brannte mir der Gedanke im Hals, auf der Brust und im Unterleib. Intensiver noch als die Schmerzen der Schläge. Mir kamen die Tränen, überwältigt gab ich mich diesem Moment einfach hin, gab den Widerstand, den mein Schamgefühl aufgebaut hatte, auf. Winselte stöhnend die Bitte, weiter zu machen.

Es tat so gut, den Stock auf meiner Haut zu spüren. Meinen Emotionen ergeben, stöhnte ich weinend meine Lust aus mir heraus. Mein Sir öffnete die Fesselung meiner rechten Hand, befahl mir, mich selbst zu stimulieren, was ich begierig tat. Zusammen mit dem mich weiter treffendem Stock brauchte ich nicht viel zu tun. Sanft streichelte ich seitlich über meine Perle. Mit dem stetigen Rhythmus, in dem das Holz meinen Hintern traf, rieb ich meinen empfindsamen, hart angeschwollenen Stachel. Kurz darauf spürte ich den nahenden Orgasmus und bat darum, kommen zu dürfen. Er verbat es mit scharfen Worten und ich konnte nicht anders, als vor ihm in Tränen auszubrechen.

Ich bettelte um Gnade und sehnte mich danach, mich in einem Orgasmus auflösen zu dürfen. Verlor mich in einem Strudel aus Gier, Lust und diesem Genuss an dem brennenden Schmerz auf meiner Haut. Unvermittelt traf mich ein dickerer Stock. Schrill quietschte ich vor Schmerz und ließ von mir ab. Sofort mahnte er mich an, ich solle mich weiter stimulieren. Am ganzen Körper zitternd tat ich, was er verlangte. Und schon traf mich der nächste Schlag. Mit dem Aufschrei, der mir danach entwich, bat ich erneut um einen Höhepunkt. Dankbar vernahm ich die Erlaubnis und schon brach ein wunderschöner Orgasmus über mich herein. Zitternd und keuchend hing ich auf dem Bock, wollte und konnte nicht aufhören mich weiter zu reizen, bis dass ich vollkommen mit meiner Lust verschmolz. Ich brauchte einen Moment um mich zu sammeln. Mein Körper erschien mir wie aufgelöst, mein Kopf war gänzlich leer, da war nur diese tiefe entspannende Wärme, in der sich mein Höhepunkt auflöste.

Ich war noch nicht wieder ganz bei mir, da spürte ich seine Hand an meinem von brennenden Striemen übersäten Hintern, die sich langsam spannten. Beinahe liebevoll strich er über die schlimmsten Schwielen und legte sich danach mit seinem Oberkörper auf meinen Rücken. In mir versunken, schmiegte ich glücklich meinen Kopf an seinen. Die Nähe zu ihm ließ mich ganz ruhig werden, mein Kopf war leer und ich war vollkommen zufrieden. Seine Stimme unterbrach die Stille, flüsternd fragte er mich, ob ich eine Weile als seine Lustsklavin bei ihm bleiben wollte. Versprach, dass wir weiterhin viel Spaß miteinander hätten, und sagte, dass er mich ungern nach Haus brächte. Ohne weiter darüber nachzudenken, bat ich ihn darum, bei ihm bleiben zu dürfen. Bei dem Gedanken, hier einen Teil meines Urlaubs als Lustsklavin zu dienen, sammelte sich mein Saft erneut zwischen meinen Beinen. Es machte mich an und ich war auf die Behandlung gespannt, die dieser Sadist für mich vorgesehen hatte.

Doch zunächst küsste er meinen Hals, knabberte an meinen Ohrläppchen. Ließ dann seine Hose herunter, um mit seinem steifen Glied in mich einzudringen. Dabei griff er meine Haare und zog daran meinen Kopf weit nach hinten in den Nacken. Er gab mir einen zärtlichen Kuss auf die Lippen, stieß dann immer schneller werdend in mich hinein. Ich umspielte seinen Schwanz mit meinen Muskeln und gab mich wieder meiner Lust hin. Mit der Aufforderung zu kommen, brach ein zweiter schillernder Orgasmus über mich herein. Durch seine harten, schnellen Stöße keuchte ich, bis dass mir die Luft wegblieb und jeder meiner Muskeln zu zucken begann. Dann kam mein Sir, ergoss seinen Saft in mir, sackte über mich zusammen.

Kurz darauf machte er mich vom Bock los. Nach einem kurzen Plausch meinte Frank, dass ich sicher Hunger hätte und bat mich, mit in die Küche zu kommen. Verlegen tapste ich in kleinen Schritten hinter ihm her. Der Tisch in der Küche war schon gedeckt und auf dem Herd köchelte eine Suppe leise vor sich hin. Frank zeigte mir das Bad, wo er, wie er es nannte, angemessene Kleidung für mich bereitgelegt hatte.

Nachdem ich mich erleichtert und ein wenig frisch gemacht hatte, sah ich mir an, was er sich unter angemessener Kleidung vorstellt. Wirklich bekleidet fühlte ich mich alleine mit dem Poncho nicht, aber ich war dankbar dafür, mich überhaupt bedecken zu dürfen. Erfreut war ich über das dicke Paar Socken, das ebenfalls für mich bereitlag. Auch wenn ich es bisher nicht bemerkt hatte, ich war doch ziemlich ausgekühlt. Warm gekleidet freute ich mich riesig auf die Suppe. Während wir am Tisch sitzend aßen, plauschten wir ganz normal über Alltägliches und amüsierten uns miteinander. Fast hatte ich sie vergessen, meine Stellung unter meinem Sir.

Nach dem Essen sollte ich zurück in die Kammer und dort die Nacht verbringen. Kurz wollte ich protestieren, ich war schockiert über den Gedanken, dort auf den Boden schlafen zu müssen. Ich riss mich zusammen, schluckte meinen Stolz herunter und ging direkt in den kleinen Raum hinter der Küche. Erleichtert blickte ich auf ein Feldbett mit Kissen und Decke. Frank stand in der Tür. Er fragte, ob er mich fesseln müsse für die Nacht, oder ob ich es schaffte, für ihn von meiner Mitte zu bleiben. Ich lächelte verlegen und versprach, mich nicht selbst zu befriedigen. Daraufhin wünschte er mir eine gute Nacht und ließ mich alleine.

Wirklich müde war ich nicht, der vergangene Tag war viel zu aufregend gewesen. Lange lag ich noch wach, streichelte immer wieder die Striemen auf meinem Hintern und hatte die Bilder von ihrer Entstehung im Sinn. Immer wieder war es so, als könnte ich ihn noch spüren, wie er auf mir lag und mich nahm. Irgendwann döste ich doch ein und träumte wild. Einige Male wachte ich schweißgebadet und mit feuchtem Schritt auf. Einmal hatte ich sogar meine Hände zwischen meinen Schenkeln vergraben, als ich erwachte. Erschrocken zog ich mich aus meiner Mitte zurück, drehte mich herum und schlief erschöpft wieder ein.

Ausgeschlafen lag ich am nächsten Morgen noch eine Weile auf meiner Pritsche, ich hatte keinen Anhaltspunkt, wie spät es war. Meine

Blase drückte fürchterlich, ich musste mich unbedingt erleichtern, setzte mich auf und sah mich um. Doch nicht einmal ein Eimer stand mir zur Verfügung. Ich wusste nicht, was ich tun sollte, bis mir die Wanne in der Werkstatt nebenan einfiel. Ohne darüber nachzudenken, öffnete ich das Tor und schnellte zur Wanne, um mich in ihr zu erleichtern. Ich drehte den Wasserhahn auf, säuberte meine Schnecke und die Beine, an denen mein Urin heruntergelaufen war, da stand Frank plötzlich vor mir und blickte mich streng an. Befahl mir sofort aus der Wanne zu steigen und fragte, was es mir einfallen war, ohne seine Erlaubnis aufzustehen. Wegen meiner eigenmächtigen Handlung schimpfte er mich aus und auch mein Erläuterungsversuch stimmte ihn nicht milde. Im Gegenteil, immer energischer wetterte er gegen mich, während ich mit jedem Wort kleiner wurde. Um meine Einsicht zu demonstrieren, kniete ich vor ihm nieder, wollte seine Füße küssen. Doch kurz bevor meine Lippen diese erreichten, zog er den Fuß von mir weg und schnauzte mich an. Er wollte von mir wissen, ob ich es noch nicht verstanden hatte, fragte mich, warum ich schon wieder ohne Aufforderung handelte.

Meine Erklärung wollte er gar nicht erst hören, würgte meine Entschuldigung ab, indem er meinen Arm schnappte und mich hinter sich her zerrte. Vor dem Stuhl machte er halt. Ehe ich reagieren konnte, packte er mich und zog mich hinauf. Ich konnte nichts tun, war wie erstarrt, fühlte mich vor den Kopf gestoßen. Hilflos sah ich dabei zu, wie ich mit den am Stuhl zahlreich angebrachten Manschetten fest fixiert wurde. Kein Stück mehr konnte ich mich rühren. Erst als er die Ledergurte an Kopf und Hals festgezurrte, wurde ich unruhig. Der Gurt am Hals war eng, ich hatte Panik, er würde mir die Luft abschnüren. Doch kaum hatte ich mich etwas beruhigt, merkte ich, dass er nicht einschnitt. Wenn ich locker blieb, konnte ich entspannt atmen.

Frank stand vor mir, fragte erneut, wie es dazu kommen konnte, dass ich meine Blase nicht kontrollieren konnte. Ehe ich eine Antwort formuliert hatte, meinte er, dass ich sie mir vielleicht erkältet hätte. Sogleich schlug er eine Behandlung mit einem Tee vor, ehe sich die Sache verschlimmern konnte. Ich wollte protestieren, erklären, dass ich keinerlei Beschwerden hatte, doch er ließ es nicht zu. Wollte keine Widerrede hören, sprach von seiner Verantwortung und davon, dass ich unter seinem Schutz stände.

Ich gab meinen Protestversuch auf, dachte daran, dass ich froh sein sollte, dass er mich nicht bestrafen wollte. Frank verschwand schließlich in Küche, um Frühstück und Tee für mich zu holen. Tatsächlich war ich ziemlich hungrig und froh darüber, als er einige Zeit später mit einem Tablett in der Hand zurückkam. Er stellte es auf die Werkbank und kam mit einer Schale, in der ein Strohhalm steckte, auf mich zu. Erklärte, dass er den Haferbrei für mich mit reichlich Milch gestreckt hätte, damit ich ihn durch den Strohhalm saugen könnte. Betonte, dass er nicht dafür da sei, mich zu füttern und hielt mir die Schale unter die Nase. Hastig saugte ich den Brei, der deutlich besser schmeckte als erwartet, in meinen Mund. Bald war die Schale fast leer, durch den Strohhalm kam nur noch Luft, darum ließ ich ihn aus meinem Mund gleiten und bedankte mich für die Nahrung. Mein Sir schien alles andere als zufrieden, fragte empört, ob das meine Auffassung von aufgegessen wäre. Drückte mir, kaum dass er den Satz beendet hatte, die Schüssel vor meinen Mund, befahl mir sie gänzlich leer zu machen. Sogleich kam ich seiner Aufforderung nach und leckte die Schüssel gewissenhaft aus. Dabei verteilte sich einiges von dem dünnflüssigen Brei in meinem Gesicht. Wofür ich, kaum dass er die Schüssel weggezogen hatte, verhöhnt wurde. Ich war entsetzlich beschämt und fühlte mich hilflos, als ich mir anhören musste, dass ich nichts ordentlich machen könnte.

Nachdem er mein Gesicht abgewaschen und mir einige seichte Ohrfeigen für meine Schmiererei gegeben hatte, holte er das mitgebrachte Tablett und stellte es auf dem Bock ab. Erst jetzt sah ich eine Schnorchelmaske und einen Trichter, die neben einer Kanne Tee lagen. Zärtlich strich er über meinen Wangen, öffnete den Gurt um meinen Kopf, um mir den Schnorchel über den Kopf zu ziehen. Gewissenhaft legte er das Mundstück, das auch meine Nase bedeckte, an und zog anschließend den Gurt um meinen Kopf wieder fest, diesmal noch ein wenig straffer als zuvor.

Danach blickte er mir fest in die Augen, sodass ich seinem Blick nicht ausweichen konnte. Ich sah seinen perfiden Plan in seiner Pupille aufblitzen, wusste, dass ich nichts dagegen tun konnte. Machtlos ergab ich mich dieser ausweglosen Situation. Als ob er meinte, ich hätte meine Lage noch nicht begriffen, hielt er, ohne einen Ton zu sagen, das Rohr, durch das ich atmete, zu. Ich bekam keine Luft mehr, riss meine Augen weit auf und sah meinem Gebieter bettelnd an. Mir meiner Position bewusst, schloss ich bald meine Augen und vertraute darauf, dass er nicht zu weit ginge. Mit dem Schließen meiner Augen öffnete er das Rohr und ich schnappte nach der einströmenden Luft. Kaum hatte sich meine flatternde Atmung beruhigt, setzte er sich mit der Kanne Tee in der Hand auf eines meiner Beine. Er steckte den Trichter in die Öffnung des Schnorchels und füllte langsam die Flüssigkeit hinein. So schnell ich konnte, schluckte ich den intensiv schmeckenden, noch leicht warmen Tee hinunter. Hatte Mühe, zwischendurch zu Atem zu kommen, und war heil froh, als die Kanne endlich entleert war.

Frank blieb noch eine Weile auf mir sitzen, spielte mit meinen Brustwarzen, die sich unter seinen Berührungen schnell hart zusammenzogen. Er schob die Kontraktion auf die Kälte im Raum und meinte, dass er dagegen schnell etwas tun müsse. Rasch verließ er den Raum und kam mit übergezogenem Gummihandschuh und einem kleinen Tiegel in der Hand zurück. Erklärte freudestrahlend, dass er auch einen wärmenden Balsam in seiner Hausapotheke hätte. Diesen verteilte er, ohne dass ich irgendetwas dagegen tun konnte, großzügig auf meine Brüste und zwischen meinen Beinen. Kam dann zu dem Schluss, dass auch meine Füße gewärmt werden sollten, und schmierte auch meine Fußsohlen dick ein.

Kaum war er damit fertig, setzte die Wirkung der stechend nach Zimt, Campher und Nelken riechenden Creme an den Brüsten, bei denen er begonnen hatte, ein. Angenehm breitete sich eine tiefgehende Wärme aus, die sich auch zwischen den Beinen und an den Fußsohlen bald darauf bemerkbar machte. Frank fragte ironisch, ob es so warm genug sei und ob ich noch irgendetwas bräuchte. Meine Antwort war durch den Schnorchel ohnehin nicht zu verstehen. Frank interpretierte mein Gemurmel, mit dem ich darum bitten wollte, mir doch dieses Ding abzunehmen, als die Bitte nach Wasser. Ich war außer mir, wie konnte er meinen, dass ich nach einem halben Liter Tee noch Durst haben könnte? Mein Gezeter half nicht, bald schüttete Frank eine Tasse voll Wasser in den Trichter. Betonte dabei seine Großzügigkeit. Mir blieb nichts anderes übrig, als das im Luftrohr stehende Wasser in kleinen Schlucken herunter zu spülen, um wieder atmen zu können.

Erst als er durch das Tor verschwunden war, spürte ich, wie nass mich dieses Spiel machte. Mein Saft verschmolz allmählich mit der bald wie Feuer brennenden Creme, was mich nur noch mehr erregte. Die durch das Nelkenöl verursachte Betäubung meiner empfindsamen Haut in meinem Schritt, gepaart mit einer pochenden, brennenden Hitze, die durch die anderen Bestandteile verursacht wurde, machten mich fast wahnsinnig vor Geilheit. Dazu meine Hilflosigkeit, ich war gefangen in einem Strudel endloser Erregung. Mit geschlossen Augen träumte ich davon, wie mich eine Horde Männer losmachte, mich befreite und wie ich mich für diese neu gewonnene Freiheit bei jedem Einzelnen von ihnen mit einem sagenhaften Beischlaf bedankte.

Unsanft wurde ich von dem beißenden Schmerz eines auf meinen Oberschenkel schnalzenden Rohrstockes aus meinem Traum gerissen. Erschrocken riss ich die Augen auf und starrte auf die Kanne und dem Stock, die er in den Händen trug. Frank war mit einem neuen Kännchen Tee zurück und verlangte nach meiner Aufmerksamkeit. In mir zog sich alles zusammen, zu gerne hätte ich ihn davon überzeugt, dass es mir gut ginge, aber der Versuch war aussichtslos. Mit weiteren Schlägen auf meine Oberschenkel mahnte er

152

mich an, Ruhe zu geben, erklärte, dass er keinen Ton meines Gebrabbels verstand. Ich gab es auf, zu protestieren und er füllte den Tee erneut in den Trichter. Schluck für Schluck schüttete er den Tee ein, sodass ich kaum zu Atem kommen konnte. Hastig versuchte ich, die Flüssigkeit herunter zu bekommen, verschluckte mich, hatte das Gefühl, jeden Moment zu ersticken.

Frank unterbrach die Befüllung, streichelte meine Wange. Er bestärkte mich, versicherte mir, dass er auf mich aufpasse, und füllte den restlichen Tee erst ein, als ich mich beruhigt hatte. Wie einen Hund, der erfolgreich apportiert hatte, lobte er mich anschließend. Dabei griff er zwischen meine Beine, fragte, ob die Wirkung des Balsams noch stark genug sei. Seine Finger an meinem Kitzler machten mich fast wahnsinnig vor Erregung, gerne hätte ich mich diesem Gefühl einfach hingegeben, doch allzu schnell war die Liebkosung beendet. Er blieb dann noch eine Weile bei mir, spielte mit dem Rohrstock auf meinen Beinen, ohne mich wirklich damit zu schlagen. Kurz bevor er ging, fragte er, ob ich nicht wegen des vielen Tees pinkeln müsste. Er verlangte von mir, dass ich um einen Eimer bäte, wenn es so weit wäre.

Abermals verwandelte sich mein Protest in unverständliches Brummen, das aus dem Schnorchel pfiff. Er ging und ich blieb mit der Frage zurück, wie ich ihn so um irgendetwas bitten sollte. Ich begann zu verzweifeln, zumal ich kurz darauf meine volle Blase spürte. Mir war klar, was gleich passieren würde. Lange konnte ich den Urin nicht zurückhalten. Ich gab mir zwar alle Mühe, aber es war zum Verzweifeln. So sehr ich es auch versuchte, bald entglitt mir ein erster Schwall. So laut ich konnte, brummte ich durch den Schnorchel, hoffte so auf mich aufmerksam zu machen. Doch vergebens, dass was ich um jeden Fall verhindern wollte, war nicht mehr aufzuhalten. In kürzester Zeit entleerte sich meine Blase in einer großen Pfütze unter mir. Sofort hatte ich die mich strafend anblickenden Augen meines Sirs im Kopf. Es fühlte sich beinahe so an, als würde er beobachten, wie ich, nachdem ich mich entleert hatte, vor Scham weinte. Versunken in dieser Demütigung bekam ich zuerst nicht mit, dass ich wirklich nicht mehr alleine war. Erst als etwas Kaltes sich den Weg zwischen meine Schamlippen suchte, schreckte ich auf. Sofort spürte ich, wie nass ich dort unten war, was mir unendlich peinlich war. Denn diese Nässe war nicht durch den Urin bedingt, vielmehr erregte mich meine prekäre Situation. Am liebsten hätte ich mich aufgelöst, denn natürlich blieb meine Geilheit auch Frank nicht verborgen. Er begann mich zu verhöhnen und trieb mich so noch tiefer in die Erniedrigung und damit in meine Gier. Ich wollte mich schlussendlich nur noch entschuldigen, wieder gut machen, was ich angerichtet hatte und hoffte auf die Nachsicht meines Gebieters.

Dieser redete unentwegt, überlegte laut, was

154

er noch anstellen könnte, damit ich meine Blase wieder unter Kontrolle bekäme. Kam dann zu dem Schluss, dass man meine Behandlung vertiefen müsse. Daraufhin ließ er mich kurz allein, um wenig später mit einer dicken Rolle Folie unter dem Arm und ein paar Handtüchern zurückzukommen. Außerdem trug er wieder einen Gummihandschuh und hatte den Tiegel mit dem wärmenden Balsam dabei. Es lief mir eiskalt den Rücken herunter bei diesem Anblick, mir schwante Böses. Doch verständlich machen konnte ich mich ohnehin nicht, also schluckte ich meine Befürchtung herunter und wartete ab. Frank warf die Tücher unter mich und machte mich los. Kaum war ich frei, befahl er mir, die Sauerei wegzumachen. Ich wischte die Pfütze auf und wusch die Handtücher in der Wanne aus, wollte mit einem der Tücher zurück, um nochmal über den Boden zu wischen. Doch Frank fauchte mich an, meinte das würde reichen und befahl mich sogleich zu ihm zurück.

Ich gehorchte, auch wenn mir nicht wohl dabei war. Er hatte schon einen dicken Klecks von dem Balsam auf den Fingern und wartete nur darauf, ihn zwischen meinen Beinen zu verteilen. Doch damit nicht genug. Er schnappte sich noch einen Dildo, schmierte diesen großzügig mit dem feurigen Zeug ein und ließ ihn dann in meine Grotte verschwinden. Ich jaulte auf, wagte es aber nicht, mich in irgendeiner Form zu wehren. So hielt ich auch still, als er mich mit der Folie

155

einwickelte. Am rechten Oberschenkel fing er an, wickelte ihn fest mit der durchsichtigen Folie ein, führte die Bahn dann zwischen meine Beine, sorgte dafür, dass Sie sich eng an die äußeren Schamlippen schmiegte, ging dann zum linken Bein umwickelte den Schenkel, um dann noch eine Lage über meine Scham zu legen. Danach wickelte er meinen Bauch, so straff er konnte, ein. Ich wurde durch den Druck der Folie richtig zusammengedrückt, konnte nur noch flach atmen. Seine Hände wanderten über meinen verpackten Unterleib. Diese Berührung empfand ich als derart intensiv, dass ich trotz der einsetzenden Wirkung des Balsams bald wieder so erregt war, dass ich kurz vor einem Orgasmus stand.

Doch anstatt mich weiter in die Geilheit zu treiben, schubste mein Sir mich zurück auf den Stuhl. Kurz blieb mir die Luft weg, denn im Sitzen schien die Folie mich noch weiter zusammenzudrücken. Machtlos sah ich dabei zu, wie die Manschetten erneut festgezurrt wurden. Nun fühlte ich mich gänzlich verloren, fixierte mich darauf, genug Luft in meine Lungen zu saugen. Doch bald wurde der Luftstrom unterbrochen, mein Sir hielt die Öffnung verschlossen, forderte so meine ungeteilte Aufmerksamkeit. Doch auf das, was er sagte, konnte ich mich kaum konzentrieren. In mir stieg Panik auf und mein Kopf wurde leer. Seine Worte drangen nicht mehr zu mir hindurch. Mein ganzer Körper kribbelte und der Balsam in meinem Schritt schien sich regelrecht in mich hinein zu brennen. Nachdem er die Öffnung wieder losgelassen hatte, schnappte ich wild nach Luft. War unendlich dankbar, wieder Atmen zu dürfen. Als ich zu Ruhe gekommen war, sah ich Frank nicht mehr. Ängstlich sah ich mich um, fragte mich, wie er mich so alleine lassen konnte.

Das offen stehende Tor machte mir Hoffnung, weshalb ich es auch nicht aus den Augen ließ. Tatsächlich trat Frank bald erneut mit einer Kanne Tee durch das Tor. Ich wusste nicht, ob ich mich freuen sollte, dass er wieder da war, oder ob ich ihn wegen des Tees verfluchen sollte. Panisch schaute ich auf die diesmal randvolle Kanne. Wollte mir nicht vorstellen, das alles mit einem Mal trinken zu müssen. Bald würde es aus mir herauskommen wollen und sich den Weg durch jede Ritze der eng anliegenden Folie drücken. Der Gedanke machte mir Angst, weshalb ich in Tränen ausbrach. Frank zog sich den Bock zu sich heran und setzte sich auf ihn. Er sprach mir tröstende Worte zu, sagte, er würde mich jetzt nicht mehr aus den Augen lassen und genau beobachten, wo das Problem läge. Dann schenkte er einen ersten Schwall des aromatischen Gebräus in den Trichter ein. Ich wollte es nicht schlucken, hielt meinen Mund geschlossen. Doch die Flüssigkeit stieg und bald war sie so hoch gestiegen, dass ich auch durch die Nase keine Luft mehr bekam. So blieb mir abermals nichts anderes übrig, als zu schlucken.

Nach und nach schüttete er eine gute halbe Kanne in mich hinein. Danach machte er eine Pause, griff wieder zu dem Stab mit der Kugel vorne dran, die mich vorhin wegen der Kälte so erschreckt hatte. Er glitt mit der Kugel über meinen Körper, spielte mit meinen sich hart aufstellenden Brustwarzen und suchte, durch die Folie hindurch, meinen Stachel. Stupste und streichelte ihn so lange, bis ich vor Geilheit in meinen Schnorchel stöhnte. Dieser Sadist beschloss, dass er meine Kontrolle da unten so gerne überprüfen würde. Untersagte mir zu kommen. Dabei drückte er die Kugel erst fest in mein geiles Fleisch, um dann wieder lockerzulassen und mich nur ganz leicht zu berühren. Ich wollte mich gehen lassen und einfach durch diese Wolke aus Geilheit treiben, doch ich riss mich zusammen, wollte mich unbedingt vor ihm beweisen. Doch der in mir immer intensiver brennende Dildo, meine Schleimhäute, die wegen der Hitze wild pochten, machten es mir schwer. Es war, als würde ich diesen Balsam in meinem Mund schmecken, so sehr durchdrang er mich. Dazu der Stab, der nicht aufhörte meinen Stachel zu reizen, gepaart mit der vollkommenen Machtlosigkeit, machten mich zu einem durch Wollust havarierten Wrack. Endlich, kurz bevor ich in Ekstase ausbrach, ließ er von mir ab. Enttäuscht und desillusioniert gab ich willenlos auf, schluckte die zweite Hälfte der Kanne teilnahmslos herunter und schloss die Augen, um ihn nicht ansehen zu müssen.

Erst als ich die Kugel erneut zwischen meinen Beinen spürte, öffnete ich meine Augen wieder. Frank stand direkt vor mir, griff mit einer Hand an meinen Hals, drückte sanft zu, ich spürte meinen Pulsschlag durch den Druck seiner Finger. Mit der anderen Hand ließ er die Kugel auf meiner Perle tanzen, ich lechzte nach einem Orgasmus, versuchte diese Lust zu unterdrücken. Doch Frank lächelte mich an, erlaubte mir zu kommen und ich brach sogleich in mich zusammen. Meine Lust überwältigte mich derartig, dass ich ohnmächtig wurde. Als ich aufwachte, hatte Frank den Schnorchel von der Maske gezogen, damit ich besser atmen konnte. Ich bedankte mich bei ihm und war verwundert, dass man mich verstehen konnte. Wiederholte meinen Dank, vergaß dabei ganz, dass ich immer noch eingewickelt und festgezurrt auf dem Stuhl saß. Frank lachte und ermahnte mich, nur zu sprechen, wenn er es mir erlaubte, drohte damit, den Schnorchel wieder auf die Maske zu stecken. Dabei kam er näher und hielt die Öffnung der Maske zu, demonstrierte mir so seine Macht. Ich nickte und wusste, dass ich lieber gehorchen sollte. Mich jetzt zu widersetzten, wäre mir ohnehin nicht in den Sinn gekommen. Auch wenn ich überlegte, was ich tun könnte, um ihn zu überzeugen, mich loszubinden.

Er stellte unterdessen einen Stuhl direkt vor mir ab, setzte sich darauf und spielte mit einem Stock. Tippte mit ihm immer wieder auf seinem Knie, was mich zunehmend unruhiger werden ließ. Nichts außer diesem unregelmäßigen Tippen war zu hören und ich konnte keinen klaren Gedanken fassen. Erst als meine Blase wieder zu drücken begann, wollte ich mich zu Wort melden. Ich traute mich nicht, etwas zu sagen, so wie er mich ansah. Irgendwann fing ich an zu winseln, hoffte so die Erlaubnis zum Sprechen bekäme. Doch die Reaktion war eine andere, er ließ den langen Stock auf einen meiner Oberschenkel schnellen, woraufhin ich aufschrie. Noch ernster sah er mich an, ermahnte mich, endlich still zu sein. Sofort kamen mir die Tränen, ich wusste nicht, was ich tun sollte. Ich wollte Gehorsam sein, aber die Vorstellung, nichts zu sagen und in diese Folie pinkeln zu müssen, davor graute es mir. Jetzt tippte dieser Sadist nicht mehr gegen sein Knie, sondern gegen meine Scham. Sah mich erwartungsvoll an und grinste immer hämischer, denn er bemerkte, wie unruhig ich wurde. Ich versuchte, mit aller Kraft einzuhalten. Kurz bevor ich nicht mehr konnte, flehte ich ihn an. Doch wieder setzte es einen Hieb. Danach hatte ich mich nicht mehr unter Kontrolle. Ganz langsam, ohne dass ich es irgendwie hätte aufhalten können, verteilte sich mein Urin unter der Folie. Fand schnell einen Weg nach außen und tropfte schließlich leise plätschernd auf den Boden. Ich schloss vor Scham die Augen, wollte den Blick meines Peinigers nicht begegnen.

Ich hörte Frank lachen, und als er dann zu mir trat und meine Wange streichelte, vollendete das die Erniedrigung. Ich brach gänzlich in Tränen aus, hatte plötzlich Angst vor dem, was er noch alles mit mir machen wollte. Doch er löste die Manschetten an Kopf und Hals und nahm mir die Maske ab, erlaubte mir zu sprechen, wenn ich wollte. Zeigte sich erfreut darüber, dass meine Blase ja doch gesund sei, und erklärte die Behandlung für beendet. Nachdem auch die anderen Manschetten gelöst waren, führte Frank mich zur Wanne, in der er mir die Folie abnahm und mich abduschte. Während ich mich abtrocknete, verschwand er in die Küche. Bevor er ging, wies er mich an, die Sauerei wegzumachen und meine Sachen wieder anzuziehen. Er wollte danach mit mir zu Abend zu essen.

Der Tisch war bunt gedeckt, es gab frisches Brot, leckeren Käse und einen guten Wein. Wir sprachen kaum miteinander, erst als wir aufgegessen und die Gläser fast leer waren erhob Frank das Wort. Er lobte mich für meine Hingabe und bedankte sich für den Spaß, den er mit mir hatte. Danach erklärte er mir, dass er am Montag geschäftlich verreisen müsste, kündigte an, mich am nächsten Tag nach Haus zu bringen. Auch lud er mich ein, nach der Reise erneut sein Gast zu sein. Ich willigte dankbar ein und freute mich darauf, bald wieder herkommen zu dürfen. Warum sollte ich in die Ferne fliegen, wenn mein Glück hier in der Werkstatt wartete?

Nachdem der Tisch abgeräumt war, brachte

161

er mich in mein Bett, wo ich schnell in einen tiefen Schlaf fiel. Ich wurde erst vom Duft eines frisch aufgebrühten Kaffees wach. Die Tür zur Küche war offen und ich rief etwas schüchtern nach Frank, fragte, ob ich aufstehen dürfte. Er steckte den Kopf durch die Tür und erlaubte es mir breit grinsend. Ließ mich erst in das Badezimmer, wo meine Sachen, die ich trug, als ich zu ihm gekommen war, ordentlich gefaltet auf mich warteten. Frisch gewaschen und angezogen kam ich wieder in die Küche, wo wir noch ausgiebig frühstückten, ehe er mich nach Hause fuhr.

Marie wird ihren Weg weitergehen ...

Weitere interessante Bücher bei Letterotik:
SMErotikgeschichten von Karin Baumann
Eine Auswahl:

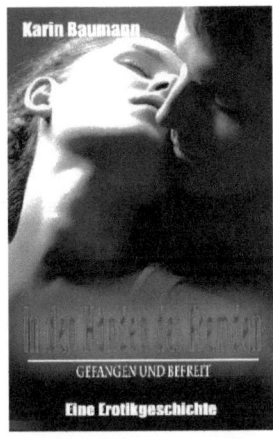

Weitere interessante Bücher bei Letterotik:
SMErotikgeschichten von Karin Baumann
Eine Auswahl: